Beltz & Gelberg Taschenbuch 609

Schauriger Schlamassel

Band 1: Der Alptraum am Anfang (78604)
Band 2: Der schillernde Schlangensaal (78605)
Band 3: Das falsche Fenster (78606)
Band 4: Die sirrenden Sägen (78607)
Band 5: Die schreckliche Schule (78608)
Band 6: Der finstere Fahrstuhl (78609)

Mehr unter
www.schauriger-schlamassel.de
www.lemonysnicket.com

Lemony Snicket ist das Pseudonym des amerikanischen Autors Daniel Handler. Er wurde in San Francisco geboren, bekam mehrere Literaturpreise und lebt mit seiner Familie in New York. Die Bücher über das Schicksal der Baudelaire-Waisen, die in den USA unter dem Titel *A Series of Unfortunate Events* erscheinen, sind weltweit zu einem Riesenerfolg geworden. In Amerika wird die Serie zurzeit verfilmt.

Schauriger Schlamassel/Band 6

Lemony Snicket

Der finstere Fahrstuhl

Roman

Aus dem amerikanischen Englisch
von Birgitt Kollmann

BELTZ
& Gelberg

Editorische Notiz

Die Bücher aus der Serie *Schauriger Schlamassel* erschienen zuvor unter dem Reihentitel *Die schaurige Geschichte von Violet, Sunny und Klaus.* In der gebundenen Ausgabe trug der vorliegende Band den Titel *Der finstere Fahrstuhl.*

Für Beatrice

Als wir uns trafen, begann mein Leben.

Bald darauf endete deins.

www.beltz.de
Beltz & Gelberg Taschenbuch 609

Die amerikanische Originalausgabe erschien unter dem Titel
A Series of Unfortunate Events – The Ersatz Elevator
bei HarperCollins Publishers Inc., New York

Published by arrangement with HarperCollins Children's Books,
a division of HarperCollins Publishers Inc., New York
Aus dem amerikanischen Englisch von Birgitt Kollmann
Neue Rechtschreibung
Einbandgestaltung: Thomas M. Müller
Gesamtherstellung: Druckhaus Beltz, Hemsbach
Printed in Germany
ISBN 3 407 78609 3
1 2 3 4 5 07 06 05 04 03

Erstes Kapitel

Das Buch, das du gerade in beiden Händen hältst – vorausgesetzt, du hältst es tatsächlich und hast nicht mehr als zwei Hände –, ist eines von nur zwei Büchern auf der Welt, die dir den Unterschied zwischen *nervös* und *aufgeregt* erklären. Das andere Buch ist selbstverständlich das Lexikon, und wenn ich du wäre, würde ich lieber das Lexikon lesen.

Das Lexikon sagt dir, wie dieses Buch hier auch, dass jemand, der *nervös* ist, irgendetwas fürchtet. Zum Beispiel bist du *nervös*, wenn du weißt, dass es zum Nachtisch Pflaumeneis gibt, und du dir Sorgen machst, dass es vielleicht ganz grässlich schmeckt. *Aufgeregt* dagegen bist du, wenn du nicht einschätzen kannst, was auf dich zukommt. Das könnte passieren, wenn du erfährst, dass zum Nachtisch ein lebendiges Krokodil serviert wird, und du die Ungewissheit kaum aushalten kannst, ob *du* dich gleich über dein Dessert hermachst oder das Dessert sich über dich.

Aber anders als in dem Buch, das du jetzt aufgeschlagen hast, erklärt dir das Lexikon auch Wörter, über die man viel lieber nachdenkt. *Seifenblase* steht drin oder *Kolibri* oder *Ferien*. Du findest auch die Wörter *die, Hinrichtung, des, Autors, wurde, ausgesetzt* – zusammengesetzt ergeben sie einen Satz, den man immer gern hört. Wenn du also beschließt, das Lexikon zu lesen und nicht dieses Buch, dann überspring doch einfach *nervös* und *aufgeregt* und lies stattdessen solche Sachen, bei denen du dir garantiert nicht die Haare raufst und vor lauter Schluchzen nicht schlafen kannst.

Aber leider ist dieses Buch kein Lexikon, und wenn du hier alle Abschnitte auslassen wolltest, in denen die Wörter *nervös* oder *aufgeregt* vorkommen, dann würden dir die angenehmsten Teile des Buches entgehen. Im ganzen Buch wirst du kein einziges Mal die Wörter Seifenblase, Kolibri oder Ferien finden, und, zu meinem Leidwesen, auch nichts über eine ausgesetzte Hinrichtung. Stattdessen begegnen dir Wörter wie *Kummer, Verzweiflung, verabscheuungswürdig,* Ausdrücke wie *finsterer Gang, Graf Olaf in einer Verkleidung* oder auch *die Baudelaires saßen in der Falle*, und außerdem noch ein ganzes Sortiment so fürchterlicher Wörter, dass ich es nicht über mich bringen kann, sie niederzuschreiben. Kurz, wenn du ein Lexikon liest, wirst du vielleicht nervös, weil du dir Sorgen machst, dass dir langweilig wird, aber wenn du dieses Buch liest, bist du vermutlich sehr aufgeregt, weil du es kaum ertragen kannst, in welcher Ungewissheit die Baudelaires leben. Wenn ich du wäre, dann würde ich dieses Buch jetzt sofort aus meinen zwei oder mehr Händen fallen lassen und es mir mit einem Lexikon gemütlich machen, und zwar wegen all der fürchterlichen Wörter, die ich verwenden muss, um die schaurigen Erlebnisse zu beschreiben, die sich jetzt gleich vor deinen Augen abspielen werden.

»Ihr seid sicher ziemlich nervös«, meinte Mr. Poe. Mr. Poe war ein Bankangestellter, der seit dem Brand, bei dem die Eltern der Baudelaires ums Leben kamen, damit betraut war, sich um die Kinder zu kümmern. Leider hatte er sich dabei bisher nicht sonderlich geschickt angestellt, und das Einzige, worauf die Waisen sich absolut verlassen konnten, soviel wussten sie inzwischen, war sein ständiger Husten. Und richtig, kaum hatte er diesen Satz beendet, nahm er sein weißes Taschentuch und hustete hinein.

Außer dem Aufblitzen des weißen Tuchs sahen die Baudelaire-Waisen so gut wie nichts. Violet, Klaus und Sunny standen mit Mr. Poe vor einem riesigen Apartmenthaus in der Dunklen Allee, einer Straße in einem der elegantesten Viertel der Stadt. Obwohl die Dunkle Allee nur wenige Blocks von der ehemaligen Villa der Baudelaires entfernt war, waren die drei doch nie in dieser Straße gewesen. Sie hatten angenommen, die Dunkle Allee hieß einfach so, ebenso wie der George-Washington-Boulevard nicht etwa deswegen so heißt, weil George Washington dort lebt.

Doch an diesem Nachmittag war den Kindern auf einmal klar, dass Dunkle Allee mehr war als nur ein Name. Es war eine treffende Beschreibung. An Stelle von Straßenlaternen standen auf dem Bürgersteig in regelmäßigen Abständen riesige Bäume, wie die Kinder sie nie zuvor gesehen hatten und wie sie sie eigentlich auch jetzt nicht sehen konnten. Von hoch oben an den breiten, stachligen Stämmen neigten sich die Äste hinunter, und es sah gerade so aus, als hätte jemand Wäsche zum Trocknen rausgehängt. In alle Richtungen breiteten sich die großen Blätter wie ein niedriges Dach über den Köpfen der Baudelaires aus. Dieses Dach ließ absolut kein Licht hindurch, und so kam es, dass es am helllichten Nachmittag in der Straße so dunkel war wie am Abend – wenn auch vielleicht ein bisschen grüner. Für drei Waisen auf dem Weg in ihr neues Zuhause war das wohl kaum der freundlichste Empfang.

»Ihr habt aber überhaupt keinen Grund, nervös zu sein«, sagte Mr. Poe und steckte sein Taschentuch wieder ein. »Ich weiß, dass eure bisherigen gesetzlichen Vertreter nicht ganz unproblematisch waren, aber bei Mr. und Mrs. Elend werdet ihr nun ein gutes Heim finden.«

»Wir sind nicht nervös«, antwortete Violet. »Wir sind viel zu aufgeregt, um nervös zu sein.«

»Das ist doch dasselbe, aufgeregt oder nervös«, sagte Mr. Poe. »Aber davon abgesehen: Weswegen solltet ihr aufgeregt sein?«

»Wegen Graf Olaf natürlich«, antwortete Violet. Violet war mit ihren vierzehn Jahren das älteste der Baudelaire-Kinder und folglich auch dasjenige, das am ehesten einmal einem Erwachsenen widersprach. Sie war eine große Erfinderin, und wäre sie nicht so aufgeregt gewesen, dann hätte sie sich ganz bestimmt das Haar im Nacken zusammengebunden, damit es ihr nicht in die Augen fiel, während sie über eine Erfindung nachdachte, die diese düstere Umgebung erhellt hätte.

»Graf Olaf?«, wiederholte Mr. Poe abfällig. »Da macht euch mal keine Sorgen. Hier findet er euch nie.«

Die drei Kinder sahen einander an und seufzten. Graf Olaf war der erste Vormund gewesen, den Mr. Poe für sie ausgesucht hatte, und dieser Mensch war mindestens ebenso finster wie die Dunkle Allee. Er hatte nur eine einzige, dafür aber auffällig lange

Augenbraue, ein tätowiertes Auge am Knöchel und zwei schmierige Hände, in die er unbedingt das Vermögen der Baudelaires bekommen wollte. Das Vermögen sollte an die Waisen gehen, sobald Violet volljährig würde. Zwar war es den Kindern gelungen, Mr. Poe davon zu überzeugen, sie Graf Olaf wegzunehmen, doch seitdem verfolgte der Graf sie mit grimmiger Entschlossenheit. Wo sie auch hinkamen, überall tauchte Graf Olaf auf mit immer neuen hinterhältigen Plänen und in immer neuen Verkleidungen, mit denen er die Kinder zu täuschen suchte.

»Es ist schwer, sich wegen Graf Olaf keine Sorgen zu machen«, sagte Klaus und nahm seine Brille ab, weil er dachte, vielleicht könnte er in dieser Dunkelheit ohne sie besser sehen. »Schließlich hält er unsere Gefährten in seinen Klauen.« Klaus, das mittlere der drei Kinder, war erst zwölf, hatte aber bereits so viele Bücher gelesen, dass er sich oft sehr gewählt ausdrückte. Mit den Gefährten meinte er die Quagmeir-Drillinge, mit denen sich die Baudelaires angefreundet hatten, als sie im Internat waren. Duncan Quagmeir war ein Reporter und schrieb ständig irgendwelche nützlichen Hinweise in sein Notizbuch. Isidora Quagmeir war Dichterin und benutzte ihr Notizbuch, um Gedichte aufzuschreiben. Der dritte Drilling, Quigley, war ums Leben gekommen, bevor die Baudelaire-Waisen Gelegenheit hatten, ihn kennen zu lernen. Wie die Baudelaires waren die Quagmeirs Waisen, denn auch ihre Eltern waren bei dem Brand umgekommen, bei dem schon ihr Bruder gestorben war. Und wie die Baudelaires waren sie die Erben eines gewaltigen Vermögens, das in ihrem Fall aus den berühmten Quagmeir-Saphiren bestand, sehr seltenen und äußerst wertvollen Juwelen.

Anders als die Baudelaires jedoch hatten sie es nicht geschafft, Graf Olafs Klauen zu entwischen. Die Quagmeirs waren nämlich hinter ein furchtbares Geheimnis gekommen, das Graf Olaf betraf, waren aber gleich darauf von ihm verschleppt worden. Seit diesem Tag machten sich die Baudelaires solche Sorgen, dass sie kaum noch geschlafen hatten. Sobald sie die Augen schlossen, sahen sie das lange, schwarze Auto vor sich, das mit den Quagmeirs davongebraust war, und in ihren Ohren hallte noch immer der Schrei, mit dem ihre Freunde ihnen das schreckliche Geheimnis mitteilen wollten, hinter das sie gekommen waren. »F.F.!«, hatte Duncan noch gebrüllt, bevor das Auto davonschoss. Und so warfen sich die Baudelaires nachts in ihren Betten hin und her, machten sich Sorgen um ihre Freunde und fragten sich, was in aller Welt die Abkürzung F.F. wohl bedeuten mochte.

»Um die Quagmeirs braucht ihr euch auch keine Sorgen zu machen«, sagte Mr. Poe zuversichtlich. »Zumindest nicht mehr lange. Ich weiß nicht, ob ihr zufällig das neueste Rundschreiben der *Vereinigten Vermögensverwaltung* gelesen habt. Jedenfalls habe ich ausgesprochen gute Nachrichten für euch, was eure Freunde angeht.«

»Gavu?«, fragte Sunny. Sunny war nicht nur die jüngste der Waisen, sondern auch die kleinste. Sie war kaum größer als eine Salami, was ja auch ganz normal war für ein Kleinkind ihres Alters, doch ihre vier Zähne waren größer und schärfer als die aller anderen Kleinkinder, die mir je begegnet sind. Aber auch wenn ihr Zahnwachstum so weit fortgeschritten war, so sprach sie trotzdem auf eine Weise, die die meisten Menschen kaum verstanden. »Gavu?« sollte vermutlich so etwas heißen wie: »Sind die Quagmeirs gefunden und befreit worden?« Violet übersetzte schnell, damit Mr. Poe die Frage verstand.

»Viel besser«, sagte Mr. Poe. »Ich bin befördert worden. Ich bin jetzt Vizepräsident meiner Bank und zuständig für Waisenangelegenheiten. Das heißt, ab jetzt bin ich nicht nur für euch zuständig, sondern auch für die Quagmeirs. Und ich verspreche euch, dass ich einen großen Teil meiner Kraft darauf verwenden werde, die Quagmeirs zu finden und dafür zu sorgen, dass sie wieder in Sicherheit sind, so wahr ich –« An dieser Stelle musste Mr. Poe wieder in sein Taschentuch husten und die Baudelaires warteten geduldig auf das Ende des Satzes. »– Poe heiße. Hört zu: Sobald ich euch hier abgesetzt habe, beginne ich einen dreiwöchigen Helikopterrundflug um einen Berggipfel, auf dem die Quagmeirs möglicherweise gesichtet wurden. In der Zeit werde ich schwer zu erreichen sein, da der Hubschrauber kein Telefon hat. Aber sobald ich mit euren kleinen Freunden zurück bin, rufe ich euch an. Also, kann einer von euch sehen, welche Hausnummer dieses Gebäude hat? Ich weiß gar nicht, ob wir hier richtig sind.«

»Ich glaube, 667«, sagte Klaus und kniff die Augen zusammen, um in dem dunkelgrünen Dämmerlicht etwas erkennen zu können.

»Das ist gut«, sagte Mr. Poe. »Mr. und Mrs. Elend leben nämlich im Penthaus des Hauses Dunkle Allee 667. Das hier dürfte der Eingang sein.«

»Nein, hier geht's rein«, ertönte eine hohe, kratzige Stimme aus der Dunkelheit. Die Baudelaires fuhren leicht zusammen. Als sie sich umdrehten, sahen sie einen Mann mit einem breitkrempigen Hut und einem viel zu großen Mantel. Die Ärmel waren so lang, dass sie über die Hände reichten, und der Hut verdeckte sein Gesicht fast vollständig. Es war kein

Wunder, dass die Kinder ihn nicht schon früher entdeckt hatten, denn er war ganz schlecht zu sehen. »Die meisten Besucher haben Mühe, die Tür zu finden«, sagte der Mann. »Deswegen hat man jetzt einen Türsteher eingestellt.«

»Wie gut«, antwortete Mr. Poe. »Mein Name ist Poe. Ich bin mit Mr. und Mrs. Elend verabredet, ich bring ihre neuen Kinder vorbei.«

»Ah ja«, sagte der Portier. »Man hat mir gesagt, dass Sie kommen. Treten Sie ein.«

Der Mann öffnete die Tür. Sie gelangten in einen Raum, in dem es nicht weniger dunkel war als auf der Straße. Anstelle von Lampen gab es nur ein paar Kerzen, die auf dem Boden standen. Die Kinder konnten nicht einmal sagen, ob der Raum, in dem sie standen, groß oder klein war.

»Liebe Güte, ist das finster hier«, sagte Mr. Poe. »Warum bitten Sie Ihre Arbeitgeber nicht, hier eine richtig starke Halogenlampe anzubringen?«

»Das geht nicht«, antwortete der Portier. »Dunkel ist gerade in.«

»In?«, fragte Violet. »Worin?«

»Einfach in«, erklärte der Portier. »In unserer Gegend beschließen die Leute, ob etwas in ist, also in Mode, oder out, das heißt, aus der Mode. Das ändert sich aber ständig. Vor ein paar Wochen war dunkel out und hell in, das hätten Sie mal sehen sollen. Die ganze Zeit musste man eine Sonnenbrille tragen, sonst taten einem höllisch die Augen weh.«

»Aha, dunkel ist also in? Das muss ich meiner Frau erzählen«, sagte Mr. Poe. »Wenn Sie uns jetzt erst einmal zeigen würden, wo der Aufzug ist? Mr. und Mrs. Elend wohnen im Penthaus und bis unters Dach möchte ich nun doch nicht laufen.«

»Ich fürchte, es bleibt Ihnen nichts anderes übrig«, meinte der Portier. »Da drüben sind zwar die automatischen Schiebetüren von einem Fahrstuhl, aber die nützen Ihnen nichts.«

»Ist der Aufzug außer Betrieb?«, fragte Violet. »Ich kenn mich gut aus mit technischen Dingen, ich schau ihn mir gern mal an.«

»Das ist sehr freundlich von dir, mein Fräulein, und ganz erstaunlich«, antwortete der Portier, »aber der Aufzug ist nicht kaputt. Er ist einfach out. Die Anwohner haben beschlossen, dass Fahrstühle out sind, deswegen wurde unserer stillgelegt. Aber Treppen sind in, das heißt, ihr gelangt trotzdem ins Penthaus. Kommt, ich zeig euch den Weg.«

Der Portier ging ihnen voran durch die Halle, und als sie die Köpfe reckten, erspähten die Baudelaire-Waisen eine lange, gewundene Holztreppe mit einem metallenen Geländer. In regelmäßigen Abständen hatte jemand Kerzen auf die Stufen gestellt, so dass die Treppe wie eine Aneinanderreihung flackernder Lichter schien, die nach oben hin immer schwächer wurden, bis man gar nichts mehr sehen konnte.

»So etwas habe ich noch nie gesehen«, sagte Klaus.

»Es sieht eher wie eine Höhle aus als wie ein Treppenhaus«, sagte Violet.

»Pins!«, sagte Sunny, was so etwas hieß wie: »Oder wie der Weltraum!«

»Für mich sieht es bloß aus wie ein weiter Weg«, sagte Mr. Poe mit gerunzelter Stirn. Er wandte sich an den Portier: »Wie viele Stockwerke hat das Haus?«

Unter seinem viel zu großen Mantel zuckte der Mann mit den Schultern. »Ich kann mich nicht mehr erinnern«, sagte er. »Ich glaube, achtundvierzig, es können aber auch vierundachtzig sein.«

»Ich wusste gar nicht, dass Häuser so hoch sein können«, staunte Klaus.

»Also, ob achtundvierzig oder vierundachtzig«, sagte Mr. Poe, »auf jeden Fall hab ich keine Zeit, euch nach oben zu begleiten. Sonst verpass ich noch meinen Hubschrauber. Ihr müsst also allein hochgehen. Sagt Mr. und Mrs. Elend einen schönen Gruß von mir.«

»Wir sollen ganz allein hochgehen?«, fragte Violet nach.

»Ihr könnt von Glück reden, dass ihr eure Sachen nicht dabei habt«, sagte Mr. Poe. »Mrs. Elend meinte, es sei absolut unnötig, dass ihr eure alten Kleider mitbringt. Ich vermute, sie hat es deswegen gesagt, damit ihr nicht eure Koffer die ganzen Treppen hochschleppen müsst.«

»Sie kommen also nicht mit?«, fragte Klaus.

»Ich habe einfach nicht die Zeit dazu«, antwortete Mr. Poe, »das ist alles.«

Die Baudelaires sahen einander an. Die Kinder wussten, wie du wahrscheinlich auch, dass man normalerweise im Dunkeln keine Angst haben muss, aber manchmal mag man an etwas eben doch nicht so richtig dran, auch wenn man nicht regelrecht Angst davor hat. Die Waisen wurden leicht nervös bei dem Gedanken, den ganzen Weg bis ins Penthaus allein hochzustiefeln, ohne einen Erwachsenen neben sich.

»Wenn ihr Angst habt im Dunkeln«, meinte Mr. Poe, »dann könnte ich meine Suche nach den Quagmeirs wohl noch verschieben und euch zu eurem neuen Vormund bringen.«

»Nein, nein«, sagte Klaus schnell, »wir haben keine Angst im Dunkeln, und es ist viel wichtiger, dass die Quagmeirs gefunden werden.«

»Obog«, sagte Sunny zögerlich.

»Versuch zu krabbeln, so lange es geht«, sagte Violet zu ihrer Schwester, »danach tragen Klaus und ich dich abwechselnd. Auf Wiedersehen, Mr. Poe.«

»Auf Wiedersehen, Kinder«, sagte Mr. Poe. »Und denkt dran: Wenn es irgendein Problem gibt, könnt ihr mich oder einen meiner Kollegen bei der *Vereinten Vermögensverwaltung* jederzeit anrufen – mich natürlich erst, wenn ich wieder aus dem Helikopter gestiegen bin.«

»Ein Gutes hat diese Treppe immerhin«, witzelte der Portier, als er Mr. Poe zum Ausgang begleitete: »Von hier ab geht es nur noch aufwärts.«

Die Baudelaires hörten ihn noch kichern, während die beiden Männer im Dunkeln verschwanden und sie selbst sich daran machten, die ersten Stufen hochzusteigen. Wie du sicher weißt, hat der Ausdruck »es geht aufwärts« überhaupt nichts mit Treppen zu tun, sondern bedeutet nur, dass die Dinge besser werden. Die Kinder hatten den Witz zwar begriffen, waren aber viel zu aufgeregt, um lachen zu können. Aufgeregt waren sie wegen Graf Olaf, der sie jederzeit finden könnte. Aufgeregt waren sie wegen der Quagmeir-Drillinge, die sie vielleicht nie mehr wiedersehen würden. Und während sie anfingen, im Kerzenschein die Treppe hinaufzusteigen, waren sie auch aufgeregt wegen ihrer neuen gesetzlichen Vertreter. Sie versuchten sich vorzustellen, was das für Menschen sein mochten, die in so einer dunklen Straße wohnten, in einem so dunklen Haus, am Ende von achtundvierzig oder auch vierundachtzig stockdunklen Treppenfluchten. Es fiel ihnen schwer zu glauben, dass die Dinge gerade jetzt besser werden würden, wo sie in einer so finsteren, schlecht beleuchteten Umgebung gelandet waren. Obwohl ein langer Aufstieg vor ihnen lag, waren die Baudelaires, als sie jetzt ihren Weg in die Dunkelheit begannen, viel zu aufgeregt, um zu glauben, dass es von nun an nur noch aufwärts gehen würde.

Zweites Kapitel

Um dir besser vorzustellen zu können, wie die Baudelaire-Waisen sich fühlten, als sie sich an den strapaziösen Aufstieg zur Wohnung von Mr. und Mrs. Elend machten, solltest du vielleicht die Augen schließen, während du das folgende Kapitel liest. Die kleinen Kerzen auf den Stufen gaben nämlich nur so wenig Licht, dass es den Kindern vorkam, als hätten sie die Augen geschlossen, selbst wenn sie sie noch so weit aufrissen. Jedes Mal, wenn die Treppe eine Kurve machte, gab es eine Tür, die zu der Wohnung des jeweiligen Stockwerks führte, sowie eine in der Mitte geteilte Fahrstuhltür. Hinter den automatischen Schiebetüren war natürlich nichts zu hören, weil der Aufzug ja stillgelegt war, aber durch die Wohnungstüren hörten die Kinder die Geräusche der Bewohner. Im siebten Stock lachten zwei Männer über einen Witz, den jemand erzählte. Im zwölften Stock hörte man Badewasser plätschern. Und im neunzehnten Stock hörten sie eine Frau mit französischem Akzent sagen: »Sollen sie doch Kuchen essen!«

»Was werden wohl Leute hören, die vor der Penthaustür stehen, wenn wir erst da wohnen?«, überlegte Violet laut.
»Ich hoffe, sie werden hören, wie ich Seiten umblättere«, sagte Klaus. »Vielleicht haben Mr. und Mrs. Elend ja ein paar interessante Bücher für mich.«
»Oder sie hören, wie ich einen Schraubenschlüssel benutze«, sagte Violet. »Ich hoffe, die Elends haben Werkzeug, das ich für meine Erfindungen benutzen kann.«
»Kreif!«, sagte Sunny und krabbelte vorsichtig um eine der Kerzen am Boden herum.
Violet schaute zu ihr hinunter und lächelte. »Das ist bestimmt kein Problem, Sunny. Irgendwas zu beißen findest du doch immer. Und hör mal, du musst uns sagen, wenn wir dich tragen sollen.«
»Ich wünschte, mich würde jemand tragen«, stöhnte Klaus und hielt sich am Geländer fest. »Ich werde langsam müde.«
»Ich auch«, gab Violet zu. »Dabei sollte man meinen, nach all den Runden, die wir laufen mussten, als Graf Olaf als Sportlehrer verkleidet war, würden uns diese Treppen gar nichts ausmachen. Aber das stimmt nicht. In welchem Stockwerk sind wir eigentlich?«
»Keine Ahnung«, sagte Klaus. »Die Türen sind nicht nummeriert und irgendwann bin ich beim Zählen durcheinander geraten.«

»Na ja, das Penthaus können wir jedenfalls nicht verfehlen«, meinte Violet. »Wir gehen einfach immer weiter, bis Schluss ist.«
»Ich wünschte, du könntest irgendwas erfinden, das uns nach oben bringt«, sagte Klaus.
Violet schmunzelte, auch wenn ihre Geschwister das im Dunkeln nicht sehen konnten. »Diese Erfindung hat schon längst jemand gemacht«, sagte sie. »Man nennt so was Fahrstuhl. Aber Fahrstühle sind out, erinnerst du dich?«
Auch Klaus musste grinsen. »Müde Füße dagegen sind in.«
»Weißt du noch«, begann Violet, »als unsere Eltern beim Sechzehnten Marathonlauf mitgemacht haben? Als sie nach Hause kamen, waren sie so kaputt, dass Pa sich zum Kochen auf den Küchenboden gesetzt hat!«
»Klar weiß ich das noch«, antwortete Klaus. »Es gab bloß Salat, weil keiner von beiden noch auf den Beinen stehen konnte, um den Herd zu bedienen.«
»Pomres«, sagte Sunny traurig. Sie wollte so etwas sagen wie: »Für Tante Josephine dagegen war der Herd noch das geringste Problem.«
»Stimmt«, sagte Violet leise. Hinter einer Tür hörten sie jemanden niesen.
»Ich bin gespannt, was für Leute die Elends sind«, sagte Klaus.

»Auf jeden Fall müssen sie ziemlich reich sein, wenn sie in der Dunklen Allee wohnen«, überlegte Violet.
»Akrofil«, sagte Sunny und das hieß: »Und sie haben keine Höhenangst, so viel ist mal sicher.«
Klaus sah lächelnd zu seiner Schwester hinunter. »Du hörst dich müde an, Sunny«, sagte er. »Violet und ich können dich tragen. Wir wechseln uns alle drei Stockwerke ab.«
Violet nickte zum Zeichen, dass sie einverstanden war, und sagte dann laut: »Ja«, als ihr klar wurde, dass ja niemand ihr Nicken sehen konnte. Dann gingen sie weiter, und ich muss dir leider sagen, dass Klaus und Violet sich viele Male abwechseln mussten. Wären die Baudelaires eine ganz normale Treppe hochgestiegen, dann würde ich jetzt schreiben: »Höher und höher stiegen sie«, aber in diesem Fall wäre es wohl passender zu schreiben: »Höher und höher und höher und höher«, und so würde es über achtundvierzig beziehungsweise vierundachtzig Seiten weitergehen, bis endlich die Worte: »stiegen sie« kämen, so unglaublich hoch war dieses Treppenhaus. Ab und zu begegneten sie einer schemenhaften Gestalt, die dabei war, die Treppe hinunterzugehen, aber die Kinder waren viel zu müde, um den Mitbewohnern des Hauses Dunkle Allee 667 auch nur einen guten Tag oder, als es später wurde, einen guten Abend zu wünschen. Mit der Zeit bekamen sie

Hunger. Mit der Zeit taten ihnen die Knochen weh. Und mit der Zeit wurden sie es furchtbar leid, immer die gleichen Kerzen und Stufen und Türen zu sehen.

Als sie wirklich nicht mehr konnten, kamen noch eine Kerze, eine Stufe und eine Tür, und nach etwa fünf weiteren Stockwerken endete die Treppe in einem kleinen Vorraum, in dem eine letzte Kerze mitten auf einem Teppich stand. Im Licht der Kerze erkannten die Waisen die Tür ihres neuen Zuhauses. Ihr gegenüber befanden sich zwei automatische Schiebetüren, mit zwei Druckknöpfen daneben, auf denen Pfeile nach unten zeigten.

»Stellt euch vor«, sagte Violet, die nach dem langen Anstieg heftig schnaufte, »wenn Fahrstühle in wären, dann wären wir in ein paar Minuten oben gewesen.«

»Na ja, vielleicht sind sie bald wieder in«, antwortete Klaus. »Ich hoffe es jedenfalls. Die Tür da drüben muss die Wohnungstür der Elends sein. Wir sollten mal klopfen.«

Sie klopften, und fast im selben Moment flog die Tür auf und gab den Blick frei auf einen großen Mann, der einen Anzug mit schmalen Längsstreifen trug. So etwas nennt man Nadelstreifenanzug, und meistens sind es Filmstars oder Verbrecher, die man darin sieht.

»Es war mir doch so vorgekommen, als hätte ich Schritte gehört«, sagte der Mann und strahlte die Kinder so an, dass sie es trotz des Dämmerlichts sehen konnten. »Bitte, kommt rein. Ich bin Jerome Elend, und ich bin so froh, dass ihr jetzt bei uns wohnen werdet.«
»Ich freue mich wirklich, Sie kennen zu lernen, Mr. Elend«, sagte Violet, die noch immer nach Luft rang, während sie und ihre Geschwister einen Flur betraten, in dem es kaum heller war als im Treppenhaus. »Ich bin Violet Baudelaire und das hier sind mein Bruder Klaus und meine Schwester Sunny.«
»Du liebe Güte, du hörst dich an, als wärst du ganz schön aus der Puste«, sagte Mr. Elend. »Zum Glück weiß ich gleich zweierlei, was wir dagegen tun können. Zum einen solltet ihr aufhören, mich Mr. Elend zu nennen. Sagt einfach Jerome zu mir. Ich werde euch drei auch mit euren Vornamen anreden, so sparen wir viel Atem. Zum anderen mache ich euch jetzt erst einmal einen schönen, kalten Martini. Kommt mit, hier geht's lang.«
»Martini?«, fragte Klaus. »Ist das nicht ein alkoholisches Getränk?«
»Eigentlich ja«, gab ihm Jerome Recht. »Aber alkoholhaltige Martinis sind gerade out. Dafür sind Aquamartinis in. Ein Aquamartini ist nichts anderes als schlichtes kaltes Wasser, das in einem schicken

Glas mit einer Olive darin serviert wird. Also völlig legal, sowohl für Kinder als auch für Erwachsene.«

»Ich habe noch nie einen Aquamartini getrunken«, sagte Violet, »aber ich probiere gern mal, wie das schmeckt.«

»Sieh mal an«, sagte Jerome, »du bist also wagemutig! Ich mag solche Menschen. Deine Mutter war auch so. Wir beide waren nämlich früher dicke Freunde. Einmal haben wir mit ein paar anderen den Mount Mogel bestiegen. Das ist bestimmt schon zwanzig Jahre her. Dieser Mount Mogel war berüchtigt dafür, dass es dort gefährliche Tiere gab, aber deine Mutter hatte keine Angst. Doch dann, aus heiterem Himmel –«

»Jerome, wer war an der Tür?«, ertönte eine Stimme und im nächsten Moment betrat eine große, schlanke Frau den Flur. Auch sie trug einen Nadelstreifenanzug. Ihre Fingernägel waren so grell lackiert, dass sie selbst bei der schwachen Beleuchtung noch glänzten.

»Die Baudelaires natürlich«, entgegnete Jerome.

»Aber doch nicht heute!«, rief die Frau.

»Natürlich«, sagte Jerome. »Ich habe mich schon seit Tagen darauf gefreut! Wisst ihr«, fuhr er fort und wandte sich wieder an die Kinder, »ich hätte euch am liebsten sofort adoptiert, als ich von dem Brand hörte. Leider war das damals unmöglich.«

»Waisen waren damals nämlich out«, erklärte die Frau. »Jetzt sind sie in.«
»Meine Frau achtet immer ganz streng darauf, was gerade in ist und was nicht«, sagte Jerome. »Mir ist das ziemlich egal, aber Esmé sieht das anders. Sie war es auch, die darauf bestanden hat, dass der Aufzug abgestellt wird. Esmé, ich wollte uns gerade einen Aquamartini machen. Möchtest du auch einen?«
»Selbstverständlich!«, sagte Esmé. »Aquamartinis sind total in!« Sie kam rasch auf die Kinder zu und betrachtete sie von Kopf bis Fuß. »Ich bin Esmé Gigi Geneviève Elend, die sechstwichtigste Finanzberaterin der Stadt«, verkündete sie stolz. »Ich bin zwar unbeschreiblich reich, aber ihr dürft mich trotzdem Esmé nennen. Eure Namen werde ich irgendwann später lernen. Ich freue mich, dass ihr hier seid. Waisen sind nämlich in, und wenn meine Freunde hören, dass ich gleich drei leibhaftige Waisenkinder bei mir wohnen habe, dann platzen sie vor Neid – nicht wahr, Jerome?«
»Hoffentlich nicht«, antwortete Jerome und führte die Kinder durch einen langen, dämmrigen Korridor in einen großen dämmrigen Raum, der gleich mit mehreren hochmodernen Sofas, Sesseln und Tischen möbliert war. Der Tür gegenüber waren mehrere Fenster, deren Jalousien so dicht geschlos-

sen waren, dass nicht der kleinste Lichtstrahl hereindrang. »Ich höre nur ungern von Unfällen. Setzt euch, Kinder, dann erzählen wir euch erst einmal etwas über euer neues Zuhause.«

Dankbar, ihre müden Füße ausruhen zu können, nahmen die Baudelaires in drei breiten Sesseln Platz. Jerome ging zu einem Tisch hinüber, auf dem neben einer Karaffe mit Wasser eine Schale mit Oliven sowie mehrere schicke Gläser standen, und bereitete rasch die Aquamartinis zu.

»Bitte sehr!«, sagte er und reichte Esmé und den Kindern je eines der schicken Gläser. »Also, fangen wir mal an. Solltet ihr euch je verlaufen, dann denkt daran, eure neue Adresse ist Dunkle Allee 667, Penthaus.«

»Wozu erzählst du ihnen solche albernen Dinge?«, unterbrach ihn Esmé und wedelte mit der Hand vor ihrem Gesicht, als würde sie von einer Fliege belästigt. »Passt auf, Kinder. Was ihr wirklich wissen müsst, ist dies: Dunkel ist in. Licht ist out. Treppen sind in. Fahrstühle sind out. Nadelstreifenanzüge sind in. So grässliche Kleidung wie eure ist out.«

»Esmé will damit sagen«, warf Jerome schnell ein, »dass ihr euch bei uns so richtig wie zu Hause fühlen sollt.«

Violet nippte an ihrem Aquamartini. Es überraschte sie kaum, dass er nach Wasser schmeckte, mit einem ganz leichten Beigeschmack von Olive. Besonders toll fand sie es nicht, aber immerhin löschte das Wasser den Durst, den sie von ihrem langen Aufstieg hatte. »Das ist sehr nett von euch«, sagte sie.

»Mr. Poe hat mir ein bisschen erzählt über die Leute, bei denen ihr bisher untergebracht wart«, sagte Jerome kopfschüttelnd. »So furchtbare Dinge habt ihr erlebt und dabei hätten wir uns von Anfang an um euch kümmern können! Ein schrecklicher Gedanke!«

»Es ging nun mal nicht anders«, widersprach Esmé. »Wenn etwas out ist, ist es out, und Waisenkinder waren die ganze Zeit out.«

»Auch von diesem Graf Olaf habe ich gehört«, fuhr Jerome fort. »Ich habe dem Portier Anweisung gegeben, niemanden ins Gebäude zu lassen, der diesem abscheulichen Menschen auch nur vage ähnlich sieht. Ihr müsstet hier also in Sicherheit sein.«

»Gut zu wissen«, sagte Klaus.

»Der schreckliche Mensch befindet sich doch angeblich auf irgendeinem Berg«, sagte Esmé. »Erinnerst du dich nicht mehr, Jerome? Dieser altmodische Banker hat doch gesagt, er wolle einen Flug mit einem Helikopter machen, um diese entführten Zwillinge zu finden.«

»Genau genommen«, warf Violet ein, »sind es Drillinge. Die Quagmeirs sind gute Freunde von uns.«

»Ach du liebe Güte!«, sagte Jerome. »Ihr müsst ja krank sein vor Sorge!«

»Nun ja, wenn sie bald gefunden werden, könnten wir sie vielleicht auch noch adoptieren«, sagte Esmé. »Fünf Waisen! Dann wäre ich wirklich giga-in!«

»Platz genug hätten wir auf jeden Fall«, meinte Jerome. »Unsere Wohnung hat einundsiebzig Schlafzimmer, Kinder, ihr habt also die freie Auswahl. Sag mal, Klaus, Poe hat erwähnt, dass du dich für Erfindungen interessierst, stimmt das?«

»Meine Schwester ist die Erfinderin«, antwortete Klaus. »Ich selbst bin eher Wissenschaftler.«

»In diesem Fall solltest du vielleicht das Zimmer neben der Bibliothek nehmen, Klaus«, sagte Jerome. »Violet könnte das mit der großen Werkbank beziehen, da kann sie ihre Werkzeuge wunderbar unterbringen. Und Sunny bekommt das Zimmer zwischen euch beiden. Wie hört sich das an?«

Es klang absolut phantastisch, doch die Baudelaires hatten keine Gelegenheit, das zu sagen, weil in diesem Moment das Telefon läutete.

»Ich geh dran! Ich geh dran!«, kreischte Esmé und rannte auch schon quer durch den Raum, um den Hörer abzunehmen. »Sie sind mit der Residenz von Esmé und Jerome Elend verbunden«, sagte sie und lauschte dann der Person am anderen Ende. »Ja, ich bin selbst am Apparat. Ja. Ja. Ja? Oh, vielen Dank, vielen herzlichen Dank!« Sie legte auf und drehte sich zu den Kindern um. »Ihr werdet es nicht glauben«, sagte sie. »Ich habe phantastische Neuigkeiten für euch! Gerade eben haben wir noch davon gesprochen.«

»Die Quagmeirs sind gefunden worden?«, fragte Klaus voller Hoffnung.

»Die Quagmeirs?«, fragte Esmé. »Ach die. Nein, nein, sie sind noch nicht gefunden. Sei doch nicht albern. Hört zu, Jerome, Kinder: Dunkel ist out! Normale Beleuchtung ist in!«

»Also, phantastisch würde ich diese Neuigkeit nicht gerade nennen«, sagte Jerome, »aber eine Erleichterung ist es auf jeden Fall, dass es hier wieder hell wird. Kommt, Kinder, helft mir, die Jalousien hochzuziehen, dann zeige ich euch die Aussicht. Man sieht ganz schön weit von so hoch oben.«

»Und ich geh und mache alle Lampen an«, sagte Esmé, die völlig außer Atem war. »Schnell, schnell, bevor jemand sieht, dass unsere Wohnung noch dunkel ist!« Mit diesen Worten schoss sie aus dem Zimmer.

Jerome sah die Baudelaires achselzuckend an und ging dann auf die Fenster zu. Die Kinder folgten ihm und halfen mit, die schweren Jalousien hochzuziehen, die die Fenster bedeckten. Im selben Moment durchflutete Sonnenlicht den Raum, so dass sie blinzeln mussten, bis ihre Augen sich an die Helligkeit gewöhnt hatten. Wenn die Baudelaires sich jetzt umgesehen hätten, nachdem das Zimmer wieder richtig beleuchtet war, hätten sie jetzt bemerkt, wie supermodern die Möbel waren: die Sofakissen waren mit Silber bestickt, die Stühle waren goldlackiert und die Tische waren aus dem Holz der wertvollsten Bäume der Welt. Doch so prächtig das alles auch war, die Baudelaire-Waisen schauten es gar nicht an. Sie schauten aus dem Fenster, hinunter auf die Stadt.

»Wirklich spektakulär, diese Aussicht, findet ihr nicht?«, fragte Jerome und die drei nickten zustimmend. Es war, als schauten sie auf eine winzig kleine Stadt mit Streichholzschachteln anstelle von Gebäuden und mit Lesezeichen anstelle von Straßen. Sie sahen winzige farbige Gebilde, die eigentlich wie lauter unterschiedliche Insekten aussahen, in Wirklichkeit aber die vielen Autos und sonstigen Fahrzeuge dieser Stadt waren, die über die Lesezeichen rollten, bis sie vor den Streichholzschachteln anhielten, in denen winzige Punktmenschen lebten und arbeiteten.

Die Baudelaires erkannten die Gegend, in der sie aufgewachsen waren, die Stadtteile, in denen ihre Freunde lebten und – vor einem blassblauen Streifen – den Strand, an dem sie die furchtbare Nachricht erhalten hatten, mit der ihr ganzes Unglück angefangen hatte.

»Ich wusste, dass es euch gefallen würde«, sagte Jerome. »Es ist unglaublich teuer, in so einem Penthaus zu wohnen, aber diese Aussicht allein ist es schon wert, finde ich. Schaut mal, diese winzigen runden Schachteln da drüben sind Orangensaftfabriken. Und das rötliche Gebäude gleich neben dem Park ist mein Lieblingsrestaurant. Oh, und guckt mal nach unten: Sie sind schon dabei, diese schrecklichen Bäume zu fällen, die unsere Straße so dunkel gemacht haben!«

»Selbstverständlich werden die Bäume gefällt«, sagte Esmé, die gerade wieder eilig den Raum betrat und rasch ein paar Kerzen ausblies. »Licht ist in – genauso wie Aquamartinis, Nadelstreifenanzüge und Waisenkinder.«

Violet, Klaus und Sunny blickten nach unten und sahen, dass Jerome Recht hatte. Die seltsamen Bäume, die die Dunkle Allee von allem Sonnenlicht abgeschirmt hatten und die aus dieser Höhe so groß wie Büroklammern wirkten, wurden soeben von punktgroßen Gärtnern gefällt. Auch wenn die Bäume die Straße so dunkel gemacht hatten, schien es doch ein Jammer zu sein, sie alle abzuholzen, bis nur noch nackte Stümpfe da waren, die aus der luftigen Höhe des Penthauses wie Reißzwecken aussahen. Die Geschwister warfen einander einen Blick zu, bevor sie weiter zusahen, was auf der Straße geschah. Die Bäume waren nicht mehr in, also sorgten die Gärtner dafür, dass sie wegkamen. Nicht auszudenken, was geschehen würde, wenn Waisen nicht mehr in wären.

Drittes Kapitel

Wenn du in einen Süßwarenladen gehst und dir Bonbons in allen Farben und von allen Geschmacksrichtungen in eine Papiertüte füllst, dann hast du, was man eine bunte Mischung nennt. Aber manchmal meint man mit »bunt gemischt« auch etwas ganz anderes: Wenn du zum Beispiel ins Kino gehst und dir deinen Lieblingsfilm anschaust, statt Popcorn aber nur Kies zum Naschen bekommst, dann würdest du hinterher sagen, der Nachmittag sei bunt gemischt gewesen. Ein Besuch im Zoo könnte auch bunt gemischt sein, wenn das Wetter zwar ganz toll wäre, aber dafür alle Löwen frei herumliefen. Was die Baudelaires angeht, so waren ihre ersten Tage bei den Elends so ziemlich die bunteste Mischung, die sie je erlebt hatten. Die schönen Dinge waren wirklich sehr schön, aber die schlechten waren einfach grauenhaft.

Zu den schönen Dingen gehörte, dass die Baudelaires wieder in der Stadt lebten, in der sie geboren und aufgewachsen waren. Nachdem ihre Eltern gestorben waren, hatten die Waisen nach ihrer ersten katastrophalen Unterbringung bei Graf Olaf in ganz verschiedenen, weit entfernten Gegenden gelebt, und sie hatten ihre vertraute Umgebung sehr vermisst. Jeden Morgen, sobald Esmé zur Arbeit gegangen war, zog Jerome mit den Kindern los und besuchte mit ihnen all die Orte, an denen sie immer am liebsten gewesen waren. Violet freute sich, dass im Jules-Verne-Museum der großen Erfindungen ihre liebsten Exponate noch immer zu sehen waren, so dass sie sich noch einmal all die mechanischen Vorführungen anschauen konnte, die in ihr den Wunsch ausgelöst hatten, Erfinderin zu werden, als sie gerade mal zwei Jahre alt war. Klaus war begeistert, wieder die Anna-Achmatowa-Buchhandlung aufzusuchen, in die sein Vater ihn zu besonderen Gelegenheiten mitgenommen hatte, um ihm einen Atlas oder einen neuen Band seiner Enzyklopädie zu kaufen. Und Sunny hatte große Lust, die Pinkus-Klinik wiederzusehen, in der sie zur Welt gekommen war, auch wenn ihre Erinnerungen an diesen Ort ein wenig verschwommen waren.

Nachmittags kehrten sie immer in die Dunkle Allee 667 zurück und dieser Teil ihres jetzigen Lebens war bei weitem nicht so schön. Zum einen war das Penthaus einfach zu groß. Außer den einundsiebzig Schlafzimmern gab es noch etliche

Wohnzimmer, Esszimmer, Frühstückszimmer, Imbisszimmer, Salons, Ballsäle, Badezimmer, Küchen und eine ganze Reihe von Räumen, die gar keine besondere Bestimmung zu haben schienen. So enorm groß war das Penthaus, dass die Baudelaires sich so manches Mal komplett verirrten. Wenn Violet ihr Zimmer verließ, um sich im Bad die Zähne zu putzen, konnte es passieren, dass sie eine volle Stunde brauchte, bis sie zurückfand. Klaus ließ manchmal aus Versehen seine Brille auf dem Küchentisch liegen und vergeudete dann den ganzen Nachmittag damit, die richtige Küche zu finden. Und wenn Sunny gerade einen wunderbaren Platz entdeckt hatte, an dem sie gemütlich sitzen und auf irgendwelchen harten Sachen herumbeißen konnte, dann fand sie ihn am nächsten Tag nicht wieder. Oft genug war es schwierig, Zeit mit Jerome zu verbringen, aus dem einfachen Grund, dass es so furchtbar mühsam war, ihn in einem der vielen todschicken Räume ihres neuen Zuhauses zu finden. Esmé sahen die Baudelaires so gut wie nie. Sie wussten, dass sie jeden Morgen zur Arbeit ging und abends heimkehrte, aber selbst wenn sie da war, sahen die Kinder kaum etwas von der sechstwichtigsten Finanzberaterin der Stadt. Es war, als hätte sie die neuen Familienmitglieder völlig vergessen, aber vielleicht war es auch so, dass es ihr einfach mehr Spaß machte, es sich in all den vielen Räumen ihrer Wohnung bequem zu machen, als sich um die drei Geschwister zu kümmern. Andererseits machte es den Baudelaires nichts aus, dass Esmé so selten zu sehen war. Es gefiel ihnen viel besser, Zeit miteinander oder mit Jerome zu verbringen, als endlose Unterhaltungen darüber zu führen, was gerade in war und was out.

Selbst in ihren eigenen Zimmern fühlten sich die Baudelaires nicht so richtig wohl. Wie versprochen, hatte Jerome Violet das Zimmer mit der großen Werkbank gegeben, in der man wunderbar alle möglichen Werkzeuge hätte aufbewahren können. Das Problem war nur, dass Violet im ganzen Penthaus kein einziges Werkzeug auftreiben konnte. Sie konnte es kaum glauben, dass sich in einer so riesigen Wohnung kein einziger Schraubenschlüssel oder auch nur eine mickrige Kneifzange finden ließ, doch als sie Esmé eines Abends danach fragte, meinte die nur von oben herab, Werkzeuge seien out. Klaus hatte tatsächlich das Zimmer neben der Bibliothek der Elends bekommen, die sich auch als ein großer, bequemer Raum mit hunderten von Büchern herausstellte. Aber zu seiner Enttäuschung musste das mittlere Kind der Baudelaires feststellen, dass alle Bücher, aber wirklich alle, ausschließlich Beschreibungen dessen enthielten, was in den unterschiedlichen Epochen der Geschichte in gewesen war und was out. Klaus versuchte sogar, sich dafür zu interessieren, aber es war dermaßen langweilig, Bücher zu lesen mit Titeln wie *1812 – das Jahr, als Stiefel in waren* oder *Forellen sind in Frankreich out*, dass Klaus fast nie in der Bibliothek saß. Und die arme Sunny hatte auch nicht gerade das große Los gezogen, womit ich sagen will, dass auch sie sich in ihrem Zimmer langweilte. Jerome war so nett gewesen, ihr eine ganze Menge Spielzeug zu schenken, aber alles war für zarter bezahnte Kinder gedacht: knuddelige Plüschtiere, weiche Bälle, bunte Kissen in allen Formen – nichts, was auch nur halbwegs zum Beißen getaugt hätte.

Was aber die dunklen Farben in der bunten Mischung ausmachte, das war nicht die überwältigende Größe des Penthauses, auch nicht die Enttäuschung wegen der fehlenden Werkzeuge, der langweiligen Bücher oder der nicht zu kauenden Spielsachen. Wirklich beunruhigt waren die Kinder, weil sie immer daran denken mussten, dass das, was die Quagmeir-Drillinge wohl durchmachten, mit Sicherheit viel, viel schlimmer war. Mit jedem Tag, der verging, fühlten die Baudelaires die Sorge um ihre Freunde wie eine schwere Last auf ihren Schultern, und diese Last wurde noch schwerer dadurch, dass die Elends kein bisschen bereit waren, ihnen zu helfen.

»Ich bin es wirklich leid, ständig über eure Freunde, diese Zwillinge, reden zu müssen«, sagte Esmé eines Abends, als sie alle zusammen in einem Wohnzimmer saßen, das die Kinder noch nie zuvor gesehen hatten, und an ihren Aquamartinis nippten. »Ich weiß, dass ihr euch Sorgen macht, aber dieses ständige Geplapper darüber ödet mich an.«

»Wir wollten dich nicht langweilen«, sagte Violet. Was sie nicht sagte, war, dass es außerordentlich unhöflich ist, anderen Leuten ins Gesicht zu sagen, dass man ihre Sorgen langweilig findet.

»Das habt ihr auch ganz und gar nicht«, sagte Jerome, fischte seine Olive aus dem Glas und warf sie sich in den Mund, bevor er sich an seine Frau wandte. »Die Kinder machen sich Sorgen, Esmé, und ich finde das auch völlig verständlich. Ich weiß, dass Mr. Poe tut, was er kann, aber vielleicht können wir uns ja auch mal den Kopf darüber zerbrechen, was man noch machen könnte.«

»Ich habe keine Zeit, mir den Kopf zu zerbrechen«, sagte Esmé. »Die In-Auktion steht vor der Tür, und ich muss meine ganze Energie da reinstecken, dass sie ein voller Erfolg wird.«

»Die In-Auktion?«, fragte Klaus.

»Eine Auktion ist so etwas wie ein großer Markt«, erklärte Jerome. »Man trifft sich mit vielen Leuten in einem großen Saal, und der Auktionator stellt alle möglichen Sachen vor, die zu verkaufen sind. Wenn einem etwas gefällt, dann ruft man ihm zu, wie viel man bereit wäre, dafür zu bezahlen. Das nennt man ein Gebot. Es kann sein, dass jemand anderes ein höheres Gebot macht und ein Dritter ein noch höheres. Derjenige, der den höchsten Preis bietet, bekommt den Zuschlag und hat den Gegenstand damit gekauft. Es ist schrecklich aufregend. Eure Mutter liebte Auktionen! Ich weiß noch, einmal –«

»Das Wichtigste hast du glatt vergessen!«, unterbrach ihn Esmé. »Die Auktion heißt deswegen In-Auktion, weil nur Dinge zum Verkauf stehen, die gerade in sind. Ich organisiere die Veranstaltung immer und sie ist jedes Mal eines der umwerfendsten Ereignisse des Jahres.«

»Umi?«, fragte Sunny.

»In diesem Fall«, erklärte ihr Klaus, »bedeutet umwerfend nicht, dass man tatsächlich umgeworfen wird, sondern bloß, dass es ganz toll sein soll.«

»Es ist auch toll«, sagte Esmé und leerte ihr Glas. »Die Auktion findet in der Veblen-Halle statt, wir versteigern nur Sachen, die gerade mega-in sind. Und das Beste ist, alles Geld, das eingenommen wird, ist für einen guten Zweck gedacht.«

»Was für einen guten Zweck?«, fragte Violet.

Begeistert klatschte Esmé in ihre langnägligen Hände. »Für mich! Jedes kleinste bisschen Geld, das die Leute bei dieser Auktion ausgeben, geht direkt an mich! Ist das nicht umwerfend?«

»Ehrlich gesagt, Liebes«, sagte Jerome, »ich habe mir schon überlegt, ob man das Geld dieses Jahr vielleicht einem anderen guten Zweck zuführen sollte. Zum Beispiel habe ich gerade etwas gelesen über diese siebenköpfige Familie. Die Eltern haben beide ihren Arbeitsplatz verloren, und jetzt sind sie so arm, dass sie sich nicht einmal mehr eine Einzimmerwohnung leisten können. Wir könnten einen Teil des Geldes, das bei der Auktion reinkommt, an solche Familien weitergeben.«

»Red doch keinen Unsinn!«, antwortete Esmé. »Wenn wir armen Leuten Geld geben, dann sind sie doch nicht mehr arm. Außerdem werden wir dieses Jahr bergeweise Geld einnehmen. Gerade heute Morgen habe ich mit zwölf Millionären gefrühstückt, und elf von ihnen haben zugesagt, dass sie ganz bestimmt bei unserer Auktion mitmachen werden. Der zwölfte muss leider zu einer Geburtstagsfeier. Stell dir vor, Jerome, wie viel Geld ich verdienen kann! Vielleicht könnten wir uns sogar eine größere Wohnung leisten!«

»Aber wir sind doch erst vor ein paar Wochen umgezogen!«, gab Jerome zu bedenken. »Ich würde lieber etwas Geld dafür verwenden, den Aufzug wieder in

Betrieb zu nehmen. Es ist ganz schön mühsam, immer ins Penthaus hinaufzusteigen.«

»Jetzt redest du schon wieder blanken Unsinn«, sagte Esmé. »Entweder meine Waisen schwätzen mir die Ohren voll wegen ihrer entführten Freunde, oder ich muss mir anhören, wie du über Dinge redest, die längst out sind, wie Fahrstühle zum Beispiel. Aber jetzt ist wirklich keine Zeit mehr für solche Lappalien. Gunther kommt heute Abend vorbei, und ich wünsche, dass du mit den Kindern essen gehst, Jerome.«

»Wer ist Gunther?«

»Der Auktionator natürlich, wer denn sonst? Es heißt, er sei der tollste Auktionator der Stadt, total in, und er wird mir bei der Organisation der Veranstaltung helfen. Er kommt heute Abend vorbei, um mit mir den Katalog für die Auktion durchzugehen, und wir möchten nicht gestört werden. Deswegen möchte ich, dass ihr vier essen geht, so dass wir ein bisschen Ruhe haben.«

»Aber wir hatten uns vorgenommen, heute Abend Schach zu spielen. Ich wollte es den Kindern beibringen«, sagte Jerome.

»Kommt nicht in Frage«, sagte Esmé. »Ihr geht essen. Es ist schon alles arrangiert. Für sieben Uhr habe ich euch einen Tisch im Café Salmonella reserviert. Jetzt ist es sechs, ihr solltet euch also langsam auf den Weg machen. Schließlich müsst ihr genügend Zeit einplanen, um die Treppen hinunterzusteigen. Aber bevor ihr losgeht, Kinder, habe ich noch ein Geschenk für jeden von euch.«

Die Kinder waren völlig von den Socken, was so viel heißt wie: »Sie waren total überrascht, dass jemand so Selbstsüchtiges ihnen Geschenke gekauft hatte.« Doch Esmé griff tatsächlich hinter das weinrote Sofa, auf dem sie saß, und holte drei todschicke Einkaufstüten hervor, auf denen in Schnörkelschrift der Name »In-Boutique« geschrieben stand. Mit einer eleganten Handbewegung überreichte Esmé jedem der Baudelaires eine Tüte.

»Ich dachte, wenn ich euch etwas kaufe, was ihr euch wirklich von ganzem Herzen wünscht, dann hat dieses Geplapper über die Quagmeirs vielleicht endlich mal ein Ende.«

»Was Esmé sagen will«, warf Jerome schnell ein, »ist, dass wir uns wünschen, dass ihr bei uns glücklich seid, selbst wenn ihr euch Sorgen macht wegen eurer Freunde.«

»Das ist absolut nicht das, was ich meinte«, sagte Esmé, »aber macht nichts. Und jetzt packt eure Tüten aus, Kinder.«

Die Baudelaires packten ihre Geschenke aus, und leider muss ich dir sagen, dass das, was sie jetzt erlebten, wieder eine ziemlich bunte Mischung war. Es gibt vieles in diesem Leben, was schwierig ist, aber ob jemand sich über ein Geschenk freut oder nicht, das ist nun wirklich nicht schwer zu sagen. Wenn jemand begeistert ist, dann spricht er so, als wäre ein Ausrufezeichen dahinter. Wenn also irgendwo *Oh!* steht, dann bedeutet das Ausrufezeichen, dass er ganz begeistert *Oh!* sagt, anders als bei einem einfachen *Oh*, aus dem man schließen kann, dass das Geschenk eher eine Enttäuschung war.

»Oh«, sagte Violet, als sie ihr Geschenk auspackte.

»Oh«, sagte Klaus, als er seins auspackte.

»Oh«, sagte Sunny, als sie ihre Tüte mit den Zähnen aufriss.

»Nadelstreifenanzüge! Ich wusste, ihr würdet begeistert sein!«, sagte Esmé. »Ihr müsst wirklich gelitten haben die letzten Tage, ohne die kleinsten Nadelstreifen durch die Stadt zu laufen! Nadelstreifen sind in, Waisen sind in, also stellt euch vor, wie in ihr erst als Waisen in Nadelstreifen seid! Kein Wunder, dass ihr aus dem Häuschen seid!«

»So hörten sie sich aber nicht an, als sie ihre Geschenke auspackten«, sagte Jerome, »und ich kann es ihnen auch nicht verübeln. Esmé, hatten wir nicht gesagt, wir wollten Violet einen Werkzeugkasten kaufen? Sie liebt es, etwas Neues zu erfinden, und ich meine, wir wollten sie in ihrer Begeisterung bestärken.«

»Aber ich kann mich auch für Nadelstreifenanzüge begeistern«, sagte Violet, die gelernt hatte, dass man selbst bei Geschenken, die einem überhaupt nicht gefallen, sagt, man sei entzückt. »Ganz herzlichen Dank.«

»Und Klaus sollte ein gutes Nachschlagewerk bekommen«, fuhr Jerome fort. »Ich habe dir erzählt, dass er sich sehr für die Internationale Datumsgrenze interessiert, und ein Nachschlagewerk wäre ideal für ihn, um mehr darüber zu lernen.«

»Aber ich interessiere mich sehr für Nadelstreifen«, sagte Klaus, der genauso gut lügen konnte wie seine Schwester, wenn es sein musste. »Ich freue mich wirklich über das Geschenk.«

»Und Sunny«, sagte Jerome, »sollte eine große Bronzeplatte bekommen. So etwas sieht schön aus und man kann gut drauf herumbeißen.«

»Ayjim«, sagte Sunny. Damit wollte sie so etwas sagen wie: »Ich finde meinen Anzug ganz toll. Vielen Dank«, auch wenn sie das nun überhaupt nicht sagen wollte.

»Ich weiß, dass wir darüber gesprochen haben, ob wir diese albernen Dinge kaufen sollten«, sagte Esmé und wedelte wegwerfend mit ihrer langnägligen Hand, »aber Werkzeuge sind nun wirklich seit Wochen out, Nachschlagewerke seit Monaten, und heute Nachmittag habe ich einen Anruf erhalten, dass große Bronzeplatten voraussichtlich noch ein ganzes Jahr out bleiben. Was jetzt in ist, das sind Nadelstreifen, Jerome, und es passt mir überhaupt nicht, wenn du meinen neuen Kindern beizubringen versuchst, dass sie sich nicht darum kümmern sollen, was in ist und was out. Willst du etwa nicht das Beste für unsere Waisen?«

»Aber natürlich«, seufzte Jerome. »So hatte ich es nicht gesehen, Esmé. Also, Kinder, ich hoffe, eure Geschenke gefallen euch, auch wenn ihr euch für andere Dinge mehr interessiert. Warum zieht ihr sie nicht gleich an, wenn wir jetzt essen gehen?«

»Genau«, sagte Esmé. »Das Café Salmonella ist absolut mega-in. Ohne Nadelstreifenkleidung würden sie euch wohl nicht einmal reinlassen, also zieht euch schnell um. Aber beeilt euch! Gunther kann jeden Moment hier sein.«

»Wir beeilen uns«, versprach Klaus, »und vielen Dank noch mal für unsere Geschenke.«

»Nichts zu danken«, sagte Jerome lächelnd. Die Kinder lächelten freundlich zurück und verließen das Wohnzimmer, gingen einen langen Korridor hinunter, durchquerten eine Küche, kamen durch ein weiteres Wohnzimmer, an vier Bädern vorbei und so weiter und so weiter und so weiter, bis sie endlich ihre Zimmer gefunden hatten. Vor ihren Türen blieben sie stehen und blickten traurig in ihre Einkaufstüten.

»Ich kann mir wirklich nicht vorstellen, dass wir diese Sachen allen Ernstes anziehen sollen«, sagte Violet.

»Ich auch nicht«, sagte Klaus. »Und wenn man dann noch daran denkt, dass wir um ein Haar die Sachen gekriegt hätten, die wir uns wirklich wünschen.«

»Pjuktif«, stimmte Sunny ihm düster zu.

»Wir sollten uns wirklich mal hören«, sagte Violet. »Wir reden wie hoffnungslos verzogene Kinder. Wir leben in einer riesengroßen Wohnung. Jeder von uns hat sein eigenes Zimmer. Der Portier hat versprochen, darauf zu achten, dass Graf Olaf hier nicht reinkommt, und von den Leuten, bei denen wir jetzt leben, ist zumindest einer interessant. Und trotzdem stehen wir hier und jammern.«

»Du hast Recht«, sagte Klaus. »Wir sollten versuchen, das Beste daraus zu machen. Ein blödes Geschenk ist wirklich kein Grund zum Jammern – schon gar nicht, wenn unsere Freunde sich in so großer Gefahr befinden. Wir können wirklich von Glück reden, dass wir überhaupt hier sind.«

»Tschitto«, sagte Sunny und das hieß: »Stimmt. Wir sollten aufhören mit dem Gejammer und uns unsere neuen Sachen anziehen.«

Die Baudelaires standen noch kurz beisammen und versuchten, sich am Riemen zu reißen, was hier so viel heißen soll wie: »Sie versuchten, sich selbst dazu zu bringen, nicht undankbar zu sein und stattdessen ihre neuen Anzüge anzuziehen.« Aber obwohl sie sich wirklich nicht wie verwöhnte Kinder aufführen wollten, obwohl sie wussten, dass ihre Lage gar nicht so schrecklich war, und obwohl sie weniger als eine Stunde Zeit hatten, um sich umzuziehen, Jerome zu finden und hunderte und aberhunderte von Stufen hinunterzulaufen – obwohl das alles so war, konnten sie sich irgendwie nicht von der Stelle rühren. Sie standen einfach vor ihren Türen und starrten in die Tüten der In-Boutique.

»Trotzdem«, sagte Klaus schließlich, »auch wenn wir noch so viel Glück gehabt haben, so kann man doch nicht leugnen, dass diese Nadelstreifenanzüge viel zu groß für uns sind.«

Und damit hatte er die Wahrheit ausgesprochen. Eine Wahrheit, die dir vielleicht helfen mag zu verstehen, wieso die Baudelaires so enttäuscht waren von dem, was in ihren Tüten war. Eine Wahrheit, die dir vielleicht hilft zu verstehen, wieso die Baudelaires so wenig Lust hatten, in ihre Zimmer zu gehen und ihre Nadelstreifenanzüge anzuziehen. Und eine Wahrheit, die schließlich noch viel klarer wurde, als die drei irgendwann doch noch in ihre Zimmer gingen, die Tüten auspackten und Esmés Geschenke anzogen.

Bevor man ein Kleidungsstück anprobiert hat, kann

man oft schlecht sagen, ob es einem wohl passt oder nicht, aber die Baudelaires wussten beim ersten Blick in ihre Tüten, dass diese Sachen mehr als nur eine Nummer zu groß für sie waren. »Eine Nummer zu groß« ist ein Ausdruck, der sich eigentlich auf Kleidergrößen bezieht, aber auch sonst oft benutzt wird, wenn man einer Sache nicht ganz gewachsen ist. Und diesen Nadelstreifenanzügen waren die Baudelaires nun wirklich nicht gewachsen. Als Violet ihre Hose angezogen hatte, zeigte sich, dass die Hosenbeine viel, viel länger waren als ihre eigenen Beine, so dass es aussah, als hätte sie anstelle von Füßen zwei riesige Nudeln. Als Klaus seine Jacke anzog, schlotterten ihm die Ärmel weit, weit über die Hände, so dass es aussah, als seien seine Arme eingelaufen. Sunnys Anzug aber war um so viele Nummern zu groß, dass man denken konnte, sie hätte sich in ihr Bettlaken gewickelt, anstatt sich umzuziehen. Als die drei Baudelaires aus ihren Zimmern kamen und sich vor ihren Türen wieder sahen, erkannten sie einander kaum.

»Du siehst aus, als wolltest du Ski fahren gehen«, sagte Klaus und zeigte auf die Hosenbeine seiner Schwester. »Nur mit dem Unterschied, dass deine Skier aus Stoff sind anstatt aus einer Titanlegierung.«

»Und du siehst aus, als hättest du zwar deine Jacke

angezogen, aber vergessen, deine Arme drunterzuziehen«, entgegnete Violet grinsend.
»Mmphmm!«, quiekte Sunny, und dieses Mal verstanden nicht einmal ihre Geschwister, was sie unter dem vielen nadelgestreiften Stoff eigentlich sagen wollte.
»Du liebe Güte, Sunny«, sagte Violet. »Ich hab dich für eine Bodenwelle im Teppich gehalten. Pass auf, wir wickeln einfach einen der Ärmel um dich rum. Morgen finden wir vielleicht eine Schere und dann –«
»Nnphnn!«, unterbrach sie Sunny.
»Jetzt stell dich nicht an, Sunny!«, sagte Klaus. »Wir haben dich schon tausendmal in Unterwäsche gesehen. Einmal mehr oder weniger macht ja wohl nichts aus.« Doch Klaus irrte sich. Nicht, was die Unterwäsche anging – solange man ein Kleinkind ist, sieht die Familie einen oft in Unterwäsche und das muss einem nicht peinlich sein. Nein, er irrte sich, als er glaubte, Sunny hätte dagegen protestiert, dass sie sich vor ihren Geschwistern ausziehen sollte, als sie »Nnphnn!« sagte. Sunnys übergroßer Anzug hatte das Wort erstickt, das sie eigentlich gesagt hatte, und dieses Wort verfolgt mich noch immer in meinen Träumen, während ich mich in meinem Bett wälze und Bilder von Beatrice und ihrem Vermächtnis mein müdes, kummervolles Hirn füllen, egal, wo-

hin ich reise und welche bedeutenden Indizien ich aufgespürt habe.

Wenn ich jetzt berichte, was weiter geschah, nachdem Sunny das fatale Wort laut ausgesprochen hatte, muss ich noch einmal den Ausdruck »eine Nummer zu groß« gebrauchen. Denn auch wenn Violet und Klaus nicht hören konnten, was Sunny gesagt hatte, so sollten sie doch gleich darauf begreifen, was ihre Schwester gemeint hatte. Denn kaum hatte Sunny das Wort ausgesprochen, legte sich ein langer Schatten über die Baudelaires, und sie blickten auf, um zu sehen, warum es auf einmal um sie herum so dunkel wurde. Und als sie aufblickten, da kam es ihnen so vor, als sei das, was sie jetzt vor sich hatten, viele Nummern zu groß für sie, viel mehr noch als alles, was sie bisher erlebt hatten. So sehr fühlten sie sich in der Falle. Denn das Wort, so Leid es mir tut, war *Olaf*.

Viertes Kapitel

Solltest du je gezwungen sein, an einer Chemiestunde teilzunehmen, dann wirst du, vermutlich vorn an der Wand, eine große Karte sehen, die in viele kleine Kästchen eingeteilt ist, in denen jeweils verschiedene Zahlen und Buchstaben stehen. So eine Karte nennt man Periodensystem der Elemente, und Wissenschaftler sagen gern, dass diese Tafel alle Substanzen enthält, aus denen unsere Welt besteht. Wie alle anderen Menschen, so irren auch Wissenschaftler gelegentlich, und dass sie sich irren, was das Periodensystem angeht, liegt auf der Hand. Denn obwohl das System ganz viele Elemente enthält, vom Sauerstoff, der in der Luft vorkommt, bis zum Aluminium, das in Getränkedosen vorkommt, so enthält sie doch ein Element nicht, das zu den mächtigsten überhaupt zählt, und das ist das Element Überraschung. Das Element Überraschung ist kein Gas wie der Sauerstoff und auch kein Feststoff wie Aluminium. Das Element Überraschung ist ein unfairer Vorteil und kommt in Situationen vor, in denen sich eine Person an eine andere angeschlichen hat. Der überraschte Mensch, oder, in diesem Fall, die überraschten Menschen sind zu verblüfft, um sich zur Wehr zu setzen, und derjenige, der sich angeschlichen hat, ist im Vorteil, wegen des Elements Überraschung.

»Hallo, bitte«, sagte Graf Olaf mit seiner rauen Stimme, und die Baudelaires waren zu verblüfft, um sich zur Wehr zu setzen. Sie schrien nicht. Sie liefen nicht weg. Sie riefen nicht um Hilfe. Sie standen einfach da, in ihren übergroßen Nadelstreifenanzügen, und starrten den schrecklichen Mann an, der sie auf irgendeine Weise wieder einmal gefunden hatte.

Während Graf Olaf mit einem gemeinen Grinsen auf die Kinder herabsah und sich offensichtlich über den unfairen Vorteil freute, den ihm das Element Überraschung verschafft hatte, fiel den Kindern auf, dass er auch dieses Mal wieder in einer seiner schändlichen Verkleidungen steckte, was hier so viel bedeutet wie: Egal was er trug, er konnte sie nicht im Geringsten darüber täuschen, wer er war. An den Füßen trug er ein Paar auf Hochglanz polierte schwarze Stiefel, die ihm fast bis zu den Knien reichten – die Art Stiefel, die man zum Reiten trägt. Vor einem Auge saß ein Monokel – die Art Brille, bei der man immerzu die Stirn in Falten legen muss, weil sie nur für ein Auge bestimmt ist anstatt für zwei. Alles andere war von einem Nadelstreifenanzug bedeckt – also genau so einem Anzug, wie jemand ihn tragen würde, der zum Zeitpunkt dieser Geschichte in sein mochte. Aber die Baudelaires wussten, dass es Graf Olaf überhaupt nicht interessierte, ob er in war oder nicht, genauso wenig, wie er mit einem Auge schlecht sah oder auf dem Weg zum Reiten war. Die drei Kinder wussten, dass er die Stiefel nur trug, um das Auge zu verbergen, das er als Tätowierung an seinem linken Knöchel trug. Sie wussten, dass er das Monokel nur trug, um ständig die Stirn runzeln zu müssen, wodurch er leichter verbergen konnte, dass er nur eine einzige Augenbraue über seinen teuflisch funkelnden Augen hatte. Und sie wussten, dass er den Nadelstreifenanzug nur trug, damit die Leute glaubten, er sei ein reicher Mann, der absolut in war und in die Dunkle Allee gehörte, und nicht ein geldgieriger, betrügerischer Bösewicht, der in ein schwer bewachtes Gefängnis gehörte.

»Ihr müsst sein Kinder, bitte«, fuhr er fort und benutzte dabei das Wort *bitte* zum zweiten Mal in kurzer Zeit falsch. »Der Name von mir sein Gunther. Bitte entschuldigen das Sprechen von mir. Bitte, ich nicht bin fließend in eure Sprache, bitte.«

»Wie –«, begann Violet, brach dann aber wieder ab. Sie war noch immer so verblüfft, dass es ihr schwer fiel, unter dem Eindruck des Elements Überraschung den Satz zu Ende zu sprechen: »Wie habt Ihr uns so schnell gefunden, und wie seid Ihr am Türsteher vorbeigekommen, der doch versprochen hat, Euch uns vom Leibe zu halten?«

»Wo –«, begann Klaus, brach dann aber wieder ab. Er war ebenso verblüfft wie seine Schwester, so dass es ihm schwer fiel, unter dem Eindruck des Elements Überraschung den Satz zu Ende zu sprechen: »Wohin habt Ihr die Quagmeir-Drillinge verschleppt?«

»Bik –«, begann Sunny, brach dann aber wieder ab. Das Element Überraschung hatte auf das jüngste der Baudelaire-Kinder dieselbe überwältigende Wirkung wie auf Violet und Klaus, und Sunny fehlten die Worte, um den Satz »Bikayado?« zu Ende zu sprechen, der so etwas bedeuten sollte wie: »Was für einen hinterhältigen Plan habt Ihr jetzt ausgeheckt, um uns unser Vermögen zu stehlen?«

»Ich sehe, ihr auch nicht fließend in diese Sprache, bitte«, sagte Graf Olaf in seiner gewollt falschen Sprechweise. »Wo ist Mutter und Vater?«

»Wir sind nicht Mutter und Vater«, sagte Esmé, und das Element Überraschung machte sich wieder bemerkbar, als die Elends aus einer anderen Tür in den Korridor traten. »Wir sind die gesetzlichen Vertreter dieser Kinder. Sie sind Waisen, Gunther.«

»Ah.« Hinter dem Monokel leuchteten Graf Olafs Augen ganz besonders teuflisch, so wie sie es oft taten, wenn er auf die hilflosen Baudelaires hinabsah. Den Kindern kam es so vor, als seien seine Augen zwei brennende Streichhölzer, die sie im nächsten Moment in Brand setzen mochten. »Waisen in!«, sagte er.

»Ich weiß, dass Waisen in sind«, sagte Esmé und tat, als bemerkte sie seine merkwürdige Sprechweise nicht. »So in sogar, dass man sie unbedingt nächste Woche bei unserer großen Auktion versteigern sollte!«

»Esmé!«, protestierte Jerome. »Ich bin schockiert! Wir werden doch nicht die Kinder versteigern.«

»Natürlich nicht«, sagte Esmé. »Es ist ungesetzlich, Kinder zu versteigern. Nun ja. Kommen Sie, Gunther, ich würde Ihnen gern unsere Wohnung zeigen. Jerome, du wolltest mit den Kindern ins Café Salmonella gehen.«

»Aber wir haben sie noch gar nicht miteinander bekannt gemacht«, sagte Jerome. »Violet, Klaus, Sunny – darf ich euch Gunther vorstellen. Er ist der Auktionator, von dem wir vorhin gesprochen haben. Gunther, darf ich Ihnen die neuen Mitglieder unserer Familie vorstellen.«

»Erfreut, euch kennen zu lernen, bitte«, sagte Gunther und streckte eine seiner knochigen Hände aus.

»Wir sind uns bereits begegnet«, sagte Violet. Sie

war erleichtert, dass das Element Überraschung sich langsam abschwächte und sie den Mut fand, etwas zu sagen. »Sehr oft sogar. Jerome und Esmé, dieser Mann ist ein Betrüger. Er ist nicht Gunther und auch kein Auktionator. Er ist Graf Olaf.«

»Ich nicht verstehen, bitte, was spricht Waise«, sagte Graf Olaf. »Bitte, ich nicht fließend in eure Sprache, bitte.«

»Oh doch«, sagte Klaus, der ebenfalls feststellte, dass er langsam eher mutig war als überrascht. »Ihr sprecht sie fehlerlos.«

»Aber Klaus, jetzt überraschst du mich wirklich!«, sagte Jerome. »Ein so belesener Mensch wie du sollte doch seine Grammatikfehler bemerkt haben. Es waren sogar etliche.«

»Waran«, quiekte Sunny.

»Meine Schwester hat Recht«, erklärte Violet. »Seine Sprechweise ist doch nur Teil seiner Verkleidung. Sagt ihm, er soll seine Stiefel ausziehen, dann seht ihr die Tätowierung, und wenn ihr ihm sagt, er soll das Monokel absetzen, dann runzelt er die Stirn nicht mehr so und dann –«

»Gunther ist einer der bedeutendsten Auktionatoren der Welt«, unterbrach sie Esmé ungeduldig. »Er ist absolut in, das hat er mir selbst gesagt. Ich werde ihn ganz bestimmt nicht zwingen, sich auszuziehen, nur damit ihr zufrieden seid. So, jetzt gebt ihr Gunther die Hand und dann geht ihr essen. Wir wollen kein Wort mehr über die Sache verlieren.«

»Er ist nicht Gunther, glaubt mir doch!«, schrie Klaus. »Das ist Graf Olaf!«

»Ich nicht weiß, was sagst du, bitte.« Graf Olaf zuckte mit seinen knochigen Schultern.

»Esmé«, warf Jerome zögernd ein. »Wie können wir sicher sein, dass dieser Mann tatsächlich der ist, als der er sich ausgibt? Die Kinder scheinen ziemlich aufgewühlt. Vielleicht sollten wir –«

»Vielleicht solltest du mir mal zuhören«, sagte Esmé und wies mit einem ihrer langen Fingernägel auf sich selbst. »Ich bin Esmé Gigi Geneviève Elend, die sechstwichtigste Finanzberaterin der Stadt. Ich wohne in der Dunklen Allee und ich bin unglaublich reich.«

»Ich weiß, meine Liebe«, seufzte Jerome, »ich lebe schließlich mit dir zusammen.«

»Und wenn dir daran liegt, dass das so bleibt, dann redest du diesen Herrn bitte mit seinem richtigen Namen an. Das gilt auch für euch Kinder. Ich mache mir extra die Mühe und kaufe euch umwerfende Nadelstreifenanzüge, und ihr geht hin und werft Leuten vor, sie hätten sich verkleidet!«

»Es ist gut, bitte«, sagte Graf Olaf. »Kinder sind verwirrt.«

»Wir sind nicht verwirrt, Graf Olaf«, sagte Violet.

Mit böser Miene wandte sich Esmé an Violet. »Ihr werdet diesen Herrn Gunther nennen, du und deine Geschwister«, ordnete sie an, »oder es wird mir sehr, sehr Leid tun, dass ich euch in mein superelegantes Haus aufgenommen habe.«

Violet sah erst Klaus an, dann Sunny, und dann traf sie eine rasche Entscheidung. Es ist immer unerfreulich, mit jemandem herumstreiten zu müssen, aber manchmal ist es sowohl nützlich als auch notwendig. Erst vor wenigen Tagen musste ich mich zum Beispiel mit einem Medizinstudenten herumstreiten. Das war zwar unerfreulich, aber auch nützlich und notwendig, denn wenn er mir nicht sein Schnellboot geliehen hätte, dann säße ich jetzt angekettet in einer winzig kleinen, wasserfesten Kammer und nicht in der Schreibmaschinenfabrik, in der ich diese kummervolle Geschichte niederschreibe. Doch Violet hatte begriffen, dass es weder nützlich noch notwendig war, sich mit Esmé herumzustreiten, denn ihre gesetzliche Vertreterin hatte sich bereits eine feste Meinung gebildet, was Gunther betraf. Nützlicher und notwendiger würde es wohl sein, das Penthaus zu verlassen und darüber nachzudenken, was sie jetzt machen sollten, nachdem dieser schreckliche Bösewicht wieder aufgetaucht war, als weiter hier herumzustehen und sich über seinen Namen zu zanken. Violet holte also tief Luft und lächelte den

Mann an, der den Baudelaires das Leben so schwer machte.

»Tut mir Leid, Gunther«, sagte sie. Fast wäre sie an dieser geheuchelten Entschuldigung erstickt.

»Aber –« Klaus wollte gerade protestieren, doch Violet warf ihm einen Blick zu, der bedeutete, dass die Baudelaires die Angelegenheit später bereden würden, wenn keine Erwachsenen dabei waren. »Stimmt«, sagte er schnell, weil er den Blick seiner Schwester sofort begriffen hatte. »Wir haben Sie mit jemandem verwechselt.«

Gunther hob die Hand und rückte sein Monokel zurecht. »Okay, bitte«, sagte er.

»Es ist doch so viel netter, wenn man sich nicht herumstreitet«, meinte Jerome. »Kommt, Kinder, gehen wir essen. Gunther und Esmé müssen die Auktion vorbereiten, dafür müssen sie allein sein.«

»Einen Moment noch«, sagte Klaus, »ich will nur noch meine Ärmel aufkrempeln. Die Anzüge sind ein bisschen groß für uns.«

»Erst beschwert ihr euch, dass Gunther ein Betrüger sei, dann beschwert ihr euch über eure Anzüge«, sagte Esmé und rollte mit den Augen. »Daran sieht man, dass Waisen gleichzeitig in und schlecht erzogen sein können. Kommen Sie, Gunther, ich möchte Ihnen die übrigen Räume meines himmlischen Apartments zeigen.«

»Bis bald, bitte«, sagte Gunther mit funkelnden Augen und winkte ihnen kurz zu, bevor er Esmé durch den Korridor folgte. Jerome winkte zurück, doch sobald Gunther um die Ecke verschwunden war, beugte er sich zu den Kindern hinunter.

»Das war sehr nett von euch, dass ihr nicht weiter mit Esmé herumgestritten habt«, sagte er. »Ich hab schon gemerkt, dass ihr nicht so ganz überzeugt wart, dass das mit Gunther ein Irrtum war. Aber macht euch keine Sorgen. Ich weiß schon, was wir tun, damit es euch wieder besser geht.«

Die Baudelaires schauten einander an und lächelten erleichtert. »Oh, vielen Dank, Jerome«, sagte Violet. »Woran hattest du gedacht?«

Jerome lächelte und kniete sich hin, um Violet zu helfen, ihre Hosenbeine hochzukrempeln. »Könnt Ihr es wohl erraten?«

»Wir könnten Gunther zwingen, seine Stiefel auszuziehen«, schlug Violet vor, »dann sehen wir ja, ob er Olafs Tätowierung am Knöchel hat.«

»Oder wir lassen ihn sein Monokel abnehmen, damit er aufhört, die Stirn zu runzeln«, sagte Klaus und krempelte weiter seine Ärmel hoch. »Dann sehen wir besser, wie das mit seinen Augenbrauen ist.«

»Ressica!«, sagte Sunny und das hieß so viel wie: »Oder du bittest ihn einfach, das Penthaus zu verlassen und niemals wiederzukommen!«

»Also, ich weiß nicht, was Ressica heißt«, sagte Jerome, »aber wir machen nichts von all dem. Gunther ist unser Gast und wir wollen nicht unhöflich sein.«
Genau das wollten die Baudelaires durchaus, aber sie wussten, dass man so etwas als höflicher Mensch nicht sagt. »Was ist es dann, wovon es uns wieder besser geht?«, fragte Violet.
»Anstatt diese vielen Stufen hinunterzusteigen«, sagte Jerome, »könnten wir einfach das Geländer hinunterrutschen! Das macht unheimlichen Spaß. Ich mache es manchmal und dann vergesse ich sofort alle Sorgen. Kommt mit!«
Jemand, der sich Sorgen macht, weil ein bösartiger Mensch in seinem neuen Zuhause auf ihn lauert, wird sich nicht besser fühlen, nur weil er ein Treppengeländer hinunterrutscht, und so erging es auch den Baudelaires, doch bevor einer von ihnen das sagen konnte, ging Jerome schon los. »Kommt, Baudelaires!«, rief er, und die Kinder folgten ihm, während er mit schnellen Schritten erst den Korridor entlangging, dann durch vier Wohnzimmer, eine Küche, neun Schlafzimmer und schließlich zur Wohnung hinaus. Er führte die drei an den Gleittüren der Aufzüge vorbei zum obersten Treppenabsatz und schwang sich mit breitem Grinsen aufs Geländer.
»Ich mach's euch vor«, sagte er, »damit ihr seht, wie's

geht. Seid vorsichtig in den Kurven, und wenn es euch zu schnell geht, dann könnt ihr abbremsen, indem ihr eure Schuhe gegen die Wand drückt. Ihr braucht keine Angst zu haben.«

Jerome stieß sich ab und im nächsten Moment war er nicht mehr zu sehen. Nur sein Gelächter hörten sie noch, das durch den Treppenschacht hallte, während er nach unten raste. Die Kinder schauten die Treppe an und das Herz rutschte ihnen in die Hose. Sie hatten keine Angst davor, das Geländer hinunterzurutschen. Das hatten sie schon oft gemacht, und auch wenn sie noch nie achtundvierzig oder vierundachtzig Stockwerke weit gerutscht waren, so hatten sie doch keine Angst davor, es auszuprobieren, zumal sie jetzt sahen, wo es hinging, nachdem im Haus die Lampen wieder brannten. Trotzdem hatten sie Angst. Sie hatten Angst, dass Gunther einen raffinierten und gemeinen Plan ausgeheckt hatte, wie er an das Vermögen der Baudelaires kommen könnte, ohne dass sie die geringste Ahnung hatten, wie dieser Plan aussehen mochte. Sie hatten Angst, dass den Quagmeir-Drillingen etwas Schreckliches zugestoßen sein mochte – wieso hätte Gunther sonst Zeit, nach den Baudelaires zu suchen? Und sie hatten Angst, dass Jerome und Esmé Elend ihnen kein bisschen behilflich sein würden, sie vor Gunthers krummen Klauen zu retten.

Jeromes Gelächter verhallte immer mehr, je weiter er auf dem Geländer nach unten rutschte, und während die Kinder so dastanden und wortlos auf die Treppe starrten, die sich Kurve um Kurve nach unten erstreckte, so weit ihre Augen reichten, da hatten sie Angst, dass es von nun an immer nur noch abwärts gehen würde.

Fünftes Kapitel

Das Café Salmonella lag im Fischviertel der Stadt, also dem Viertel, in dem es nach Fisch aussah, klang, roch und – wenn man sich hingekniet und die Straßen abgeleckt hätte – vermutlich auch schmeckte. Das Fischviertel roch nach Fisch, weil es gleich bei den Kais lag, an denen die Fischer jeden Morgen ihren frisch gefangenen Fisch verkauften. Es klang nach Fisch, weil die Bürgersteige immer nass waren vom Seewind und die Schuhe der Passanten spritzende, blubbernde Geräusche machten, die an Meerestiere erinnerten. Und es sah nach Fisch aus, weil sämtliche Gebäude im Fischviertel aus silberglänzenden Schuppen erbaut waren anstatt aus Mauersteinen oder aus Holzbalken. Als die Baudelaire-Waisen im Fischviertel ankamen und hinter Jerome das Café Salmonella betraten, da mussten sie erst einen Blick zum Abendhimmel werfen, um sich daran zu erinnern, dass sie sich nicht unter Wasser befanden.

Das Café Salmonella war kein gewöhnliches Restaurant, sondern ein so genanntes Themenrestaurant, was nichts anderes bedeutete, als dass sowohl das Essen als auch die Dekoration auf ein Thema abgestimmt waren. In diesem Fall, du hast es wohl schon erraten, drehte sich alles um das Thema Salm, was ein vornehmes Wort ist für Lachs. An den Wänden hingen Bilder von Lachsen, die Speisekarte war mit Zeichnungen von Lachsen dekoriert, und die Kellner und Kellnerinnen trugen Lachskostüme, die es ihnen schwer machten, Teller und Tabletts zu tragen. In den Vasen auf den Tischen standen keine Blumen, sondern Lachse, und selbstverständlich hatten alle Gerichte, die im Café Salmonella serviert wurden, irgendwie mit Lachs zu tun. Grundsätzlich ist an Lachs natürlich nichts auszusetzen, aber wie auch bei Karamelbonbons, Erdbeerjoghurt oder flüssigem Teppichreiniger darf man nicht zu viel davon zu sich nehmen, sonst schmeckt es einem nicht mehr. So ging es den Baudelaires an jenem Abend. Ihr kostümierter Kellner brachte ihnen zunächst Lachscremesuppe, dann eisgekühlten Lachssalat und als Hauptgang gedünsteten Lachs mit Lachsravioli in Lachsbuttersauce. Als der Nachtisch serviert wurde – Lachstorte mit einer Kugel Lachseis obendrauf –, da waren die Kinder so weit, dass sie nie im Leben mehr auch nur das kleinste Stückchen Lachs essen wollten. Doch selbst wenn es zum Essen ganz unterschiedliche Gerichte gegeben hätte, köstlich zubereitet und von Kellnern in gewöhnlicher, bequemer Kleidung serviert, selbst dann hätten die Baudelaires ihr Essen nicht genießen können. Der Gedanke, dass Gunther den Abend allein mit ihrer gesetzlichen Vertreterin verbrachte, verdarb ihnen viel mehr den Appetit als zu große Mengen von diesem rosafarbenen Fisch mit seinem etwas durchdringenden Geschmack, und Jerome war einfach nicht bereit, noch ein Wort über die Angelegenheit zu verlieren.

»Ich bin nicht bereit, noch ein Wort über die Angelegenheit zu verlieren«, sagte Jerome und nippte an seinem Glas, in dem anstelle von Eiswürfeln kleine Stückchen von gefrorenem Lachs schwammen. »Und ganz ehrlich, Baudelaires: Ich finde, ihr solltet euch ein bisschen schämen, dass ihr den Mann so verdächtigt. Wisst ihr, was das Wort Xenophobie bedeutet?«

Violet und Sunny schüttelten den Kopf und schauten zu ihrem Bruder hinüber, der sich zu erinnern versuchte, ob er dem Wort in einem seiner Bücher schon mal begegnet war.

»Mit Wörtern, die auf -phobie enden«, sagte Klaus und wischte sich den Mund mit seiner lachsförmigen Serviette ab, »ist normalerweise die Angst vor etwas gemeint. Heißt Xeno so viel wie Olaf?«

»Nein«, sagte Jerome. »Es bedeutet Fremder oder Ausländer. Ein Mensch, der an Xenophobie leidet, hat Angst vor Menschen, nur weil sie aus einem anderen Land kommen, und das ist wirklich ein alberner Grund. Ich hätte eigentlich gedacht, ihr drei wärt zu vernünftig, um xenophob zu sein. Schließlich stammte auch Galileo Galilei aus einem Land in Europa, Violet, und er hat das Teleskop erfunden. Hättest du vor ihm etwa Angst?«

»Nein«, antwortete Violet. »Es wäre mir eine Ehre, ihn kennen zu lernen. Aber –«

»Und du, Klaus«, fuhr Jerome fort, »hast doch sicher von dem Schriftsteller Junichiro Tanizaki gehört, der aus Asien stammte. Hättest du vor ihm Angst?«

»Natürlich nicht«, sagte Klaus. »Aber –«

»Und jetzt du, Sunny«, unterbrach ihn Jerome. »Der scharfzahnige Berglöwe kommt in verschiedenen Gebieten Nordamerikas vor. Hättest du vielleicht Angst, einem Berglöwen zu begegnen?«

»Netesch«, sagte Sunny, was so viel hieß wie: »Natürlich hätte ich davor Angst! Berglöwen sind wilde Tiere!«, doch Jerome redete einfach weiter, als hätte er von dem, was sie gesagt hatte, kein Wort gehört.

»Ich will nicht mit euch schimpfen«, sagte er. »Ich weiß, ihr habt eine äußerst schwierige Zeit seit dem Tod eurer Eltern hinter euch, und Esmé und ich wollen alles tun, damit ihr wieder ein gutes, sicheres Zuhause habt. Ich glaube nicht, dass Graf Olaf es wagen würde, in unserer eleganten Wohngegend aufzutauchen, aber selbst wenn er es täte, dann würde der Portier ihn erkennen und sofort die Polizei rufen.«

»Aber der Portier hat ihn nicht erkannt«, sagte Violet. »Er war doch verkleidet.«

»Außerdem würde Graf Olaf sich überall hintrauen, um uns zu finden«, sagte Klaus. »Ganz egal, wie elegant die Gegend ist.«

Jerome schaute die Kinder bedrückt an. »Bitte fangt nicht an, mit mir herumzustreiten. Ich kann Streit einfach nicht ertragen.«

»Aber manchmal ist es nützlich und notwendig, sich zu streiten«, sagte Violet.

»Ich wüsste nicht einen einzigen guten Grund,« sagte Jerome. »Esmé hat uns zum Beispiel diesen Tisch im Café Salmonella reserviert, doch wenn ich etwas nicht mag, dann ist es Lachs. Natürlich hätte ich mit ihr Streit anfangen können, aber wäre das nützlich gewesen oder notwendig?«

»Du hättest stattdessen etwas essen können, das dir richtig geschmeckt hätte«, meinte Klaus.

Jerome schüttelte den Kopf. »Eines Tages, wenn du älter bist, wirst du das verstehen«, sagte er. »Inzwischen sollte ich mal die Rechnung bezahlen und euch nach Hause bringen. Es wird Zeit für euch, ins

Bett zu gehen. Wisst ihr noch, welcher Lachs unser Kellner ist?«

Frustriert und traurig schauten die Baudelaires einander an. Frustriert waren sie, weil es ihnen nicht gelungen war, Jerome von Gunthers wahrer Identität zu überzeugen, und traurig waren sie, weil sie wussten, dass es keinen Zweck haben würde, es weiter zu versuchen. Sie sprachen kaum noch ein Wort, als Jerome sie aus dem Café führte und in ein Taxi setzte, das sie aus dem Fischviertel zurück in die Dunkle Allee 667 brachte. Auf dem Weg kamen sie an dem Strand vorbei, an dem die Baudelaires die schreckliche Nachricht von dem Brand erfahren hatten. Obwohl das alles gar nicht so weit zurücklag, kam es den Kindern doch so vor, als läge es in weiter Vergangenheit, und während sie aus dem Fenster auf die Wellen starrten, die sich am dunklen, dunklen Strand brachen, da vermissten sie ihre Eltern mehr denn je. Wenn ihre Eltern noch lebten, dann würden sie ihren Kindern zuhören. Sie würden ihnen glauben, wenn sie ihnen die Wahrheit über Gunther sagten. Aber was die drei Kinder am traurigsten machte, war die Tatsache, dass sie, wenn ihre Eltern noch lebten, nicht einmal wüssten, wer Graf Olaf war, und dass sie schon gar nicht Opfer seiner Geldgier und seiner hinterhältigen Pläne wären. Violet, Klaus und Sunny saßen im Taxi, starrten bedrückt aus dem Fenster und wünschten sich von ganzem Herzen, sie könnten die Zeit zurückdrehen bis damals, als sie noch glücklich und ohne Sorgen waren.

»Schon zurück?«, fragte der Portier, als er den Schlag des Taxis öffnete. Die Hand blieb im Ärmel seines Mantels verborgen. »Mrs. Elend hat gesagt, Sie dürften erst wieder nach oben, wenn Ihr Gast das Haus verlassen hat. Und bisher ist er noch nicht wieder heruntergekommen.«

Jerome blickte auf die Uhr und runzelte die Stirn. »Es ist schon recht spät«, sagte er. »Die Kinder müssten langsam ins Bett. Wenn wir ganz leise sind, stören wir sie sicher nicht.«

»Ich habe strengste Anweisungen«, sagte der Portier. »Niemand darf das Penthaus betreten, bevor der Gast das Gebäude verlassen hat. Und das hat er eindeutig nicht.«

»Ich will mich nicht mit Ihnen herumstreiten«, sagte Jerome. »Aber vielleicht befindet er sich gerade auf dem Weg nach unten. Es dauert lange, bis man sämtliche Treppen hinabgestiegen ist, es sei denn, man rutscht das Treppengeländer hinunter. Insofern können wir schon mal langsam hochgehen.«

»Daran hatte ich nicht gedacht«, sagte der Portier und kratzte sich mit dem Ärmel am Kinn. »Ich denke mal, Sie können ruhig hochgehen. Vielleicht treffen Sie ihn ja unterwegs.«

Die Baudelaires warfen einander Blicke zu. Es war schwer zu sagen, was sie nervöser machte – die Vorstellung, dass Gunther so lange im Penthaus gewesen war, oder die Vorstellung, dass sie ihm auf der Treppe begegnen könnten. »Vielleicht sollten wir wirklich warten, bis Gunther gegangen ist«, sagte Violet. »Wir wollen nicht, dass der Portier unseretwegen in Schwierigkeiten gerät.«

»Nein, nein«, beschloss Jerome. »Wir machen uns lieber an den Aufstieg, sonst sind wir zu müde, um es noch bis oben zu schaffen. Sunny, sag mir auf jeden Fall Bescheid, wenn ich dich tragen soll.«

Als sie die Eingangshalle des Hauses betraten, sahen sie zu ihrem Erstaunen, dass sie komplett neu dekoriert worden war, während sie beim Essen waren. Alle Wände waren blau gestrichen, der Boden war mit Sand bestreut und in den Ecken lagen einzelne Muscheln.

»Meeresdekoration ist jetzt in«, sagte der Portier. »Gerade heute habe ich den Anruf erhalten. Bis morgen habe ich die ganze Eingangshalle mit Unterwassermotiven dekoriert.«

»Wenn ich das gewusst hätte!«, sagte Jerome. »Dann hätte ich etwas aus dem Fischviertel mitgebracht.«

»Hätten Sie das mal«, sagte der Portier. »Alle Welt ist jetzt auf der Suche nach Meeresdekoration, es wird langsam schwierig, noch etwas aufzutreiben.«

»Bestimmt wird auf der In-Auktion Meeresdekoration verkauft«, sagte Jerome, als er und die Baudelaires gerade am Fuß der Treppe standen. »Vielleicht sollten Sie hingehen und ein paar Sachen für unser Haus ersteigern.«

»Vielleicht mache ich das«, sagte der Portier und lächelte die Kinder seltsam an. »Vielleicht mache ich das. Gute Nacht, Herrschaften.«

Die Kinder wünschten dem Türsteher ebenfalls eine gute Nacht und machten sich an den langen Aufstieg. Immer höher stiegen sie, und sie trafen eine ganze Reihe Leute, die auf dem Weg nach unten waren. Nadelstreifenanzüge trugen alle, aber keiner von ihnen war Gunther. Je höher die Kinder stiegen, desto müder sahen die Leute aus, die ihnen begegneten, und hinter allen Türen, an denen sie vorbeikamen, hörten sie, wie die Leute sich bettfertig machten. Im fünften Stock fragte ein Kind seine Mutter, wo die Flasche mit dem Schaumbad sei. Im siebzehnten Stock hörten sie, wie sich jemand die Zähne putzte. Und viel weiter oben – die Kinder hatten wieder den Überblick verloren, aber es musste weit oben sein, denn Jerome trug Sunny inzwischen auf dem Arm – hörten sie, wie jemand mit ganz tiefer Stimme eine Gutenachtgeschichte vorlas. All diese Geräusche machten sie immer müder, und als sie endlich im obersten Stockwerk angekommen waren, fühlten sich die Waisen so müde wie Schlafwandler, oder, im Falle von Sunny, eine im Schlaf Herumgetragene. So müde waren sie, dass sie fast einschliefen, als sie sich gegen eine der Aufzugtüren lehnten, während Jerome die Wohnungstür aufschloss. So müde, dass es ihnen so vorkam, als sei Gunthers Auftauchen nichts als ein böser Traum, denn als sie nach ihm fragten, antwortete Esmé, er sei längst weg.

»Gunther ist schon gegangen?«, fragte Violet. »Aber der Portier hat gesagt, er sei noch hier.«

»Ach was«, sagte Esmé. »Er hat mir einen Katalog vorbeigebracht, in dem alle Dinge aufgeführt sind, die bei der In-Auktion versteigert werden. Er liegt in der Bibliothek, wenn ihr ihn anschauen wollt. Wir haben ein paar organisatorische Details besprochen und dann ist er gegangen.«

»Aber das kann nicht sein«, sagte Jerome.

»Natürlich kann das sein«, antwortete Esmé. »Ich hab doch mit eigenen Augen gesehen, wie er zur Wohnungstür hinausgegangen ist.«

Misstrauisch und verwirrt schauten die Baudelaires einander an. Wie konnte Gunther das Haus verlassen, ohne gesehen zu werden? »Hat er den Aufzug genommen?«, fragte Klaus.

Esmé riss die Augen weit auf und klappte ein paarmal den Mund auf und zu, ohne ein Wort zu sagen, so als machte sich gerade das Element Überraschung bemerkbar. »Nein«, sagte sie schließlich. »Der Aufzug ist abgestellt. Das weißt du doch.«

»Aber der Portier hat gesagt, Gunther sei noch da«, wiederholte Violet. »Und auf dem Weg nach oben haben wir ihn nicht gesehen.«

»Dann hat sich der Portier eben geirrt«, sagte Esmé. »Und jetzt Schluss mit dieser narkotisierenden Unterhaltung. Jerome, bring sie sofort ins Bett.«

Die Kinder sahen einander an. Sie fanden die Unterhaltung alles andere als narkotisierend, womit Esmé wohl ausdrücken wollte, dass sie das Thema so langweilig fand, dass sie fast darüber einschlief. Doch trotz ihres anstrengenden Aufstiegs fühlten sich die Kinder alles andere als müde, als sie darüber redeten, wo Gunther abgeblieben sein mochte. Der Gedanke, dass er es geschafft hatte, auf ebenso geheimnisvolle Weise zu verschwinden, wie er zuvor aufgetaucht war, regte sie so auf, dass an Schlaf gar nicht zu denken war. Doch die drei Geschwister wussten, dass es ihnen nicht gelingen würde, die Elends zu einer weiteren Diskussion über das Thema zu bewegen, genauso wenig wie sie es geschafft hatten, sie davon zu überzeugen, dass Gunther Graf Olaf war und kein Auktionator. Also wünschten sie Esmé eine gute Nacht und folgten Jerome durch drei Ballsäle, an einem Frühstückszimmer vorbei und durch zwei Wohnzimmer, bis sie endlich bei ihren Zimmern angelangt waren.

»Gute Nacht, Kinder«, sagte Jerome lächelnd. »Nach dieser Kletterei fallt ihr drei bestimmt wie die Steine ins Bett. Damit will ich natürlich nicht sagen, dass ihr Ähnlichkeit mit Steinen hättet. Ich meinte nur, dass ihr sicher auf der Stelle einschlaft, wenn ihr im Bett liegt, und euch nicht mehr rührt, genauso wenig wie Steine.«

»Wir haben schon verstanden, Jerome«, antwortete Klaus, »und ich hoffe, du hast Recht. Gute Nacht.«

Jerome lächelte die Kinder an und sie lächelten zurück. Bevor sie in ihre Zimmer gingen und die Türen hinter sich schlossen, schauten sie einander an. Die Kinder wussten, dass sie nicht wie die Steine ins Bett fallen würden, es sei denn, es gab tatsächlich Steine, die sich die ganze Nacht hin und her warfen und über alles Mögliche nachdachten. Die Geschwister fragten sich, wo Gunther sich wohl verstecken mochte, wie er es geschafft hatte, sie zu finden, und welchen schrecklichen Betrug er wohl gerade ausheckte. Sie fragten sich, wo die Quagmeir-Drillinge sein mochten, wenn Gunther jetzt Zeit hatte, ihnen nachzuspüren. Und sie fragten sich, was F.F. bedeuten mochte und ob es ihnen irgendwie nützen würde, wenn sie es wüssten. Die Baudelaires warfen sich in ihren Betten hin und her, dachten über all diese Dinge nach, und je später es wurde, desto weniger fühlten sie sich wie Steine, dafür aber umso mehr wie Kinder in einem finsteren und geheimnisvollen Kriminalstück, die eine der am wenigsten narkotisierenden Nächte ihres jungen Lebens verbrachten.

Sechstes Kapitel

Morgens kann man meistens am besten denken. Wenn man eben aufgewacht ist, aber noch gemütlich im Bett liegt, ist der beste Zeitpunkt, um an die Decke zu schauen, sein Leben zu betrachten und sich zu fragen, was die Zukunft wohl für einen bereithält. An diesem Morgen zum Beispiel, an dem ich dieses Kapitel schreibe, frage ich mich, ob die Zukunft für mich wohl etwas bereithält, womit ich meine Handschellen durchsägen und aus dem doppelt gesicherten Fenster klettern könnte. Die Baudelaire-Waisen hingegen fragten sich, als die Morgensonne durch die achthundertneunundvierzig Fenster des Elend'schen Penthauses schien, ob die Zukunft wohl das Leid für sie bereit hielt, das sie immer näher kommen spürten. Violet sah zu, wie die ersten Strahlen der Sonne ihre robuste, werkzeuglose Werkbank erhellten, und versuchte sich vorzustellen, was für einen hinterhältigen Plan Gunther ausgeheckt haben mochte. Klaus sah zu, wie das helle Licht der Morgenröte unterschiedliche Formen auf die

Wand malte, die sein Zimmer von der Bibliothek der Elends trennte, und zermarterte sein Gehirn nach einer Erklärung dafür, dass Gunther sich anscheinend in Luft aufgelöst hatte. Und Sunny sah zu, wie die aufgehende Sonne all ihr nicht zu zernagendes Babyspielzeug beleuchtete, und fragte sich, ob ihnen noch Zeit bleiben würde, die Angelegenheit untereinander zu besprechen, bevor Jerome und Esmé sie wecken kämen.

Diese Frage war am leichtesten zu beantworten. Sunny krabbelte zur Tür ihres Zimmers hinaus, holte ihren Bruder und öffnete die Tür zum Zimmer ihrer Schwester. Violet war schon aufgestanden und saß an ihrer hölzernen Werkbank. Ihr Haar hatte sie mit einem Band zusammengebunden, damit es ihr nicht ins Gesicht fiel.

»Tageb«, sagte Sunny.

»Guten Morgen«, antwortete Violet. »Ich dachte, wenn ich mir das Haar zusammenbinde und mich an die Werkbank setze, als ob ich etwas erfinden wollte, könnte ich vielleicht besser nachdenken. Aber mir ist nichts eingefallen.«

»Es ist schon schlimm genug, dass Olaf wieder aufgetaucht ist«, sagte Klaus, »und dass wir ihn Gunther nennen müssen. Aber das Schlimmste ist, dass wir nicht die geringste Ahnung haben, was er vorhat.«

»Eins ist schon mal klar: Er will unser Vermögen in die Hände kriegen«, sagte Violet.

»Klofi«, sagte Sunny und das hieß: »Klar. Aber wie?«

»Vielleicht hat es was mit der Auktion zu tun«, überlegte Klaus. »Wieso sollte er sich sonst als Auktionator verkleiden?«

Sunny gähnte, und Violet bückte sich, hob sie hoch und nahm sie auf den Schoß. »Glaubt ihr, er will versuchen, uns zu versteigern?«, fragte sie, als Sunny sich vorbeugte und gedankenverloren an der Werkbank zu nagen begann. »Er könnte einen seiner grässlichen Assistenten dazu bringen, den Preis für uns immer weiter in die Höhe zu treiben, bis er schließlich den Zuschlag kriegt, und damit hätte er uns in den Klauen, genauso wie die armen Quagmeirs.«

»Aber Esmé hat gesagt, es wäre gegen das Gesetz, Kinder zu versteigern«, erinnerte sie Klaus.

Sunny hörte auf, an der Werkbank zu nagen, und schaute ihre Geschwister an. »Nolano?«, fragte sie, was so viel hieß wie: »Glaubt ihr, die Elends stecken mit Gunther unter einer Decke?«

»Das glaube ich nicht«, sagte Violet. »Sie sind so nett zu uns gewesen – na ja, wenigstens Jerome – und außerdem brauchen sie unser Vermögen wirklich nicht. Sie haben doch selbst so viel Geld.«

»Aber wenig Verstand«, meinte Klaus bedrückt.

»Gunther hat sie total zum Narren gehalten, mit nichts weiter als schwarzen Stiefeln, einem Nadelstreifenanzug und einem Monokel.«
»Außerdem hat er sie zum Narren gehalten, als er so tat, als hätte er das Haus verlassen«, sagte Violet. »Der Portier war schließlich ganz sicher, dass er noch nicht gegangen war.«
»Ich fühle mich auch schon wie ein Narr«, sagte Klaus. »Wie ist es möglich, dass er das Haus verlässt, ohne dass der Türsteher ihn sieht?«
»Ich weiß es nicht«, sagte Violet mit trauriger Stimme. »Das Ganze ist wie ein Puzzle, aber uns fehlen zu viele Teile, um es zusammenzusetzen.«
»Hat jemand was von einem Puzzle gesagt?«, fragte Jerome. »Wenn ihr Puzzles sucht – ich glaube, in einem der Wohnzimmer müssten welche sein. Vielleicht aber auch in einem der Salons, ich weiß nur nicht, in welchem.«
Die Baudelaires schauten auf und sahen ihren Vormund in der Tür stehen, mit einem Lächeln auf dem Gesicht und einem silbernen Tablett in den Händen.
»Guten Morgen, Jerome«, sagte Klaus. »Danke, aber wir suchen nicht nach einem Puzzle. Das war nur so ein Ausdruck, den Violet gebraucht hat. Wir versuchen gerade, etwas herauszufinden.«
»Auf nüchternen Magen findet man nie etwas

heraus«, entgegnete Jerome. »Ich habe euch euer Frühstück gebracht: drei pochierte Eier und dazu leckeren Vollkorntoast.«

»Danke«, sagte Violet. »Es ist nett, dass du uns Frühstück gemacht hast.«

»Nichts zu danken«, antwortete Jerome. »Esmé hat heute ein wichtiges Treffen mit dem König von Arizona, so dass wir den ganzen Tag für uns haben. Ich habe gedacht, wir könnten einen Spaziergang hinüber ins Kleiderviertel machen und eure Nadelstreifenanzüge zu einem guten Schneider bringen. Was nützen euch diese Anzüge, wenn sie nicht richtig passen?«

»Knilliu!«, schrie Sunny. Das bedeutete: »Das ist sehr aufmerksam.«

»Ich weiß zwar nicht, was Knilliu heißt«, sagte Esmé, die in diesem Moment zur Tür hereinkam, »aber es ist mir auch egal, und euch wird es auch egal sein, wenn ihr die phantastische Neuigkeit hört, die ich soeben erfahren habe: Aquamartinis sind out – Petersiliensoda ist in!«

»Petersiliensoda?«, wiederholte Jerome und verzog das Gesicht. »Klingt grauenvoll. Ich denke, ich bleibe bei Aquamartinis.«

»Du hast mir nicht zugehört«, sagte Esmé. »Petersiliensoda ist jetzt in. Du musst sofort losgehen und ein paar Kästen besorgen.«

»Aber ich wollte doch mit den Kindern zum Schneider gehen, wegen der Anzüge«, sagte Jerome.

»Dann musst du deine Pläne eben ändern«, sagte Esmé ungeduldig. »Die Kinder haben schließlich schon was zum Anziehen, aber wir haben keine Petersiliensoda.«

»Ich möchte mich nicht mit dir herumstreiten«, sagte Jerome.

»Dann tu's auch nicht«, entgegnete Esmé. »Und lass die Kinder hier. Das Getränkeviertel ist kein Ort für Minderjährige. Nun komm, wir müssen los, Jerome. Ich möchte Seine Königliche Hoheit von Arizona nicht warten lassen.«

»Möchtest du denn nicht ein bisschen Zeit mit den Baudelaires verbringen, bevor du zur Arbeit gehst?«, fragte Jerome.

»Nicht unbedingt«, antwortete Esmé und warf einen Blick auf die Uhr. »Ich werde ihnen nur guten Morgen sagen. Guten Morgen. So, jetzt komm, Jerome.«

Jerome öffnete den Mund, als ob er etwas sagen wollte, aber Esmé marschierte bereits hinaus, und so zuckte er nur mit den Achseln. »Ich wünsche euch einen schönen Tag, Kinder«, sagte er. »In sämtlichen Küchen findet ihr was zu essen, macht euch heute Mittag selbst etwas. Tut mir Leid, dass das mit unserem Plan nicht geklappt hat.«

»Beeil dich!«, rief Esmé vom anderen Ende des Korridors und Jerome rannte los. Die Kinder hörten, wie die Schritte ihres Vormundes immer leiser wurden, je mehr sie sich in Richtung Wohnungstür entfernten.

»Tja«, sagte Klaus, als nichts mehr zu hören war. »Was machen wir heute?«

»Winifri«, sagte Sunny.

»Sunny hat Recht«, meinte Violet. »Am besten nutzen wir den Tag dafür, uns Gedanken zu machen, was Gunther wohl vorhat.«

»Woher sollen wir wissen, was er vorhat?«, sagte Klaus. »Wir wissen doch noch nicht einmal, wo er steckt?«

»Dann sollten wir es rausfinden«, meinte Violet. »Er hatte schon den unfairen Vorteil des Elements Überraschung; wir können nicht wollen, dass er dazu noch den unfairen Vorteil eines guten Verstecks hat.«

»In diesem Penthaus gibt es eine Menge guter Verstecke«, sagte Klaus. »Bei den vielen Zimmern!«

»Kalundix«, sagte Sunny, was so viel hieß wie: »Aber im Penthaus kann er nicht sein. Esmé hat doch gesehen, wie er gegangen ist.«

»Aber vielleicht hat er sich wieder reingeschlichen«, überlegte Violet. »Und jetzt lauert er hier irgendwo.«

Die Baudelaires schauten erst einander an und dann zur Tür. Fast erwarteten sie, Gunther dort zu sehen, wie er sie mit seinen teuflisch funkelnden Augen anstarrte.

»Aber wenn er wirklich hier irgendwo auf uns lauerte«, sagte Klaus, »hätte er sich uns dann nicht gekrallt, sobald die Elends das Haus verlassen hatten?«

»Vielleicht«, meinte Violet. »Aber nur, wenn das in seinen Plan gepasst hätte.«

Wieder gingen die Blicke der Kinder zur offenen Tür, in der niemand stand.

»Ich habe Angst«, sagte Klaus.

»Ekrif!«, stimmte Sunny ihm zu.

»Ich habe auch Angst«, gab Violet zu, »aber wenn er hier im Penthaus ist, dann sollten wir es rauskriegen. Wir müssen einfach alles nach ihm absuchen.«

»Ich will ihn aber gar nicht finden«, sagte Klaus. »Lass uns lieber runterrennen und Mr. Poe anrufen.«

»Mr. Poe ist doch noch im Hubschrauber und sucht nach den Quagmeirs«, erinnerte ihn Violet. »Bis er zurück ist, kann es zu spät sein. Wir müssen dahinter kommen, was Gunther vorhat – unseretwegen, aber auch wegen Isidora und Duncan.«

Bei der Erwähnung der Namen der Quagmeir-Drillinge fassten sich die drei Baudelaires ein Herz, was hier so viel heißen soll wie: »Sie beschlossen, das ganze Penthaus nach Gunther abzusuchen, auch wenn der Gedanke ihnen noch so viel Angst machte.« Die Kinder erinnerten sich noch gut, wie Isidora und Duncan während ihrer Zeit in der Prufrock Privatschule alles getan hatten, damit ihre Freunde nicht Graf Olafs bösen Plänen zum Opfer fielen. Mitten in der Nacht waren die Quagmeirs aus dem Haus geschlichen und hatten sich so in große Gefahr gebracht. Sie hatten sich verkleidet und ihr Leben aufs Spiel gesetzt, um Graf Olaf zu täuschen. Und sie hatten ganz viel nachgeforscht, um hinter das Geheimnis der Abkürzung F.F. zu kommen – und dann waren sie entführt worden, bevor sie den Baudelaires die Lösung des Rätsels mitteilen konnten. Violet, Klaus und Sunny dachten an die beiden mutigen und treuen Drillinge und wussten, dass sie jetzt, wo sie die Gelegenheit hatten, ihre Freunde zu retten, ebenso mutig und treu sein mussten wie sie.

»Du hast Recht«, sagte Klaus zu Violet, und Sunny nickte zustimmend. »Wir müssen das Penthaus absuchen. Wenn es nur nicht so unübersichtlich wäre! Ich verlaufe mich ja schon, wenn ich nachts aufs Klo muss. Wie sollen wir die ganze Wohnung absuchen, ohne uns zu verlaufen?«

»Hänsel!«, sagte Sunny.

Die beiden älteren Baudelaires schauten einander

an. Es kam selten vor, dass die Geschwister etwas nicht verstanden, was Sunny sagte, aber dieses Mal war es so.

»Willst du sagen, wir sollten einen Plan zeichnen?«, fragte Violet.

Sunny schüttelte den Kopf. »Gretel!«, sagte sie.

»Jetzt haben wir dich schon wieder nicht verstanden«, sagte Klaus. »Hänsel und Gretel? Was soll denn das heißen?«

»Ach so!«, rief Violet auf einmal. »Hänsel und Gretel heißt Hänsel und Gretel, du weißt doch, diese beiden leicht beschränkten Kinder aus dem Märchen.«

»Ja klar«, sagte Klaus. »Die Geschwister, die sich in den Kopf gesetzt hatten, ganz allein im Wald herumzulaufen.«

»Und eine Spur aus Brotkrumen hinter sich ließen«, sagte Violet und nahm eine Scheibe Toast von dem Tablett, das Jerome ihnen gebracht hatte, »um den Rückweg wiederzufinden. Wir nehmen den Toast und zerkrümeln ihn und lassen in allen Räumen ein paar Krümel fallen, damit wir wissen, wo wir schon waren. Gute Idee, Sunny.«

»Blais«, sagte Sunny, womit sie sagen wollte: »Ach, das war doch nichts«, und leider muss ich dir sagen, dass sie Recht haben sollte. Denn obwohl die Kinder durch die ganze Wohnung wanderten und wieder zurück, durch sämtliche Schlafzimmer, Wohnzimmer, Esszimmer, Trinkzimmer, Ballsäle, Bäder und Küchen und auch durch alle Räume, die keine erkennbare Funktion hatten, und überall ihre Krümelspur hinterließen, konnten sie Gunther nirgends entdecken. In alle Kleiderschränke und Küchenschränke schauten sie, sogar die Duschvorhänge in allen Bädern zogen sie zurück, um zu sehen, ob Gunther sich dahinter versteckte. Sie sahen Kleiderstangen in den Kleiderschränken, Konservendosen in den Küchenschränken und Flaschen mit Haarspülung in den Duschen, aber als die Krümelspur sie mittags in Violets Zimmer zurückgeführt hatte, mussten die Kinder sich eingestehen, dass sie nichts gefunden hatten. »Wo um alles in der Welt kann Gunther sich verstecken?«, fragte Klaus. »Wir haben doch überall gesucht.«

»Vielleicht war er die ganze Zeit unterwegs«, überlegte Violet. »Vielleicht hat er sich immer in dem Zimmer versteckt, mit dem wir gerade fertig waren.«

»Glaube ich nicht«, sagte Klaus. »Wir hätten ihn doch hören müssen, wenn er in seinen lächerlichen schwarzen Stiefeln herumgelaufen wäre. Ich glaube nicht, dass er das Penthaus seit gestern Abend wieder betreten hat. Esmé ist sich ganz sicher, dass er die Wohnung verlassen hat, aber der Portier ist sich genauso sicher, dass er es nicht hat. Das ergibt doch keinen Sinn.«

»Ich hab noch mal darüber nachgedacht«, sagte Violet. »Vielleicht ergibt es doch einen Sinn: Esmé ist sich sicher, dass er das Penthaus verlassen hat, und der Portier ist sich sicher, dass er das Gebäude nicht verlassen hat. Das heißt, er könnte in irgendeiner Wohnung im Haus Dunkle Allee 667 sein.«

»Stimmt«, sagte Klaus. »Vielleicht hat er ein Apartment auf einer anderen Etage gemietet, als Hauptquartier für seinen neuesten Plan.«

»Oder einer aus seiner Theatertruppe hat hier im Haus eine Wohnung«, schlug Violet vor und zählte die grässlichen Leute an den Fingern auf: »Zum Beispiel der Hakenhändige oder der Kahlkopf mit der langen Nase oder der, der weder wie ein Mann aussieht noch wie eine Frau.«

»Oder vielleicht wohnen ja auch die beiden fürchterlichen Frauen hier, die mit den weiß gepuderten Gesichtern – die bei der Entführung der Quagmeirs dabei waren«, sagte Klaus.

»Ko«, sagte Sunny und das hieß: »Oder Gunther hat sich mit einem Trick Zugang zu einer Wohnung verschafft, hat die Bewohner gefesselt und hält sich jetzt in ihrer Küche versteckt.«

»Wenn wir Gunther hier im Haus finden«, sagte Violet, »dann wüssten Jerome und Esmé wenigstens, dass er ein Lügner ist. Selbst wenn sie uns nicht glauben, dass er in Wirklichkeit Graf Olaf ist, dann müsste es sie doch sehr misstrauisch machen, wenn sich rausstellen sollte, dass er sich bei anderen Leuten versteckt.«

»Aber wie wollen wir das rausfinden?«, fragte Klaus. »Wir können schließlich nicht überall anklopfen und fragen, ob wir mal die Wohnung sehen dürfen.«

»Wir müssen sie ja nicht sehen«, sagte Violet. »Es reicht, wenn wir hören.«

Einen Moment lang sahen Klaus und Sunny ihre Schwester verwirrt an, dann fingen sie an zu grinsen.

»Logo«, sagte Klaus. »Wir gehen die Treppe hinunter und horchen an jeder Tür. Wenn Gunther sich irgendwo versteckt, merken wir es vielleicht.«

»Lorigo!«, quiekte Sunny und das hieß: »Worauf warten wir noch? Gehen wir!«

»Langsam, langsam«, sagte Klaus. »Es ist ein weiter Weg bis ganz nach unten und wir sind heute schon viel gelaufen – beziehungsweise gekrabbelt, Sunny. Wir sollten also unsere festesten Schuhe anziehen und auch Ersatzsocken mitnehmen, damit wir keine Blasen kriegen.«

»Und Wasser sollten wir mitnehmen«, sagte Violet, »für den Fall, dass wir Durst bekommen.«

»Happa«, quiekte Sunny und die Baudelaires machten sich an die Arbeit. Sie zogen ihre Schlafanzüge aus und besonders treppentaugliche Kleidung an, holten ihre Wanderschuhe hervor und stopften sich ein Paar Ersatzsocken in die Taschen. Nachdem Violet und Klaus kontrolliert hatten, ob Sunny ihre Schnürsenkel gut zugeknotet hatte, gingen sie los, wobei sie immer ihrer Krümelspur folgten. Zunächst den Korridor entlang, dann durch ein Wohnzimmer und zwei Schlafzimmer hindurch, bis sie durch einen weiteren Korridor in die nächstgelegene Küche gelangten, wo sie ein paar Weintrauben, eine Schachtel Cracker und ein Glas Apfelgelee fanden sowie eine Flasche Wasser von der Sorte, die die Elends für ihre Aquamartinis gebraucht hatten, die sie selbst aber brauchen würden, um auf dem langen Weg nach unten ihren Durst zu löschen. Dann waren sie so weit. Sie verließen die Wohnung und gingen an den automatischen Fahrstuhltüren vorbei zum Anfang der gewundenen Treppe. Sie fühlten sich, als wollten sie eine Bergbesteigung machen und nicht einfach treppab gehen.

»Wir müssen auf Zehenspitzen gehen«, sagte Violet, »so dass wir zwar Gunther hören können, er uns aber nicht.«

»Und flüstern sollten wir«, flüsterte Klaus, »so dass wir zwar die Leute in den Wohnungen belauschen können, sie uns aber nicht.«

»Philavem«, sagte Sunny, womit sie sagen wollte: »Gehen wir«, und so gingen sie los. Auf Zehenspitzen schlichen sie um die erste Biegung der Treppe und lauschten an der Tür der Wohnung direkt unterhalb des Penthauses. Ein paar Sekunden lang blieb alles still, doch dann hörten sie ganz deutlich eine Frau telefonieren.

»Also, das ist jedenfalls nicht Gunther«, flüsterte Violet. »Eine Frau ist er nicht.«

Klaus und Sunny nickten und die Kinder schlichen auf Zehenspitzen eine Biegung weiter ins nächste Stockwerk. Kaum standen sie vor der Tür, da flog sie auch schon auf. Ein auffällig kleiner Mann in einem Nadelstreifenanzug stand vor ihnen. »Bis später, Avery!«, rief er, dann schloss er die Tür, nickte den Kindern zu und machte sich an den Abstieg.

»Wieder nichts«, flüsterte Klaus. »Gunther ist nicht so klein und Avery heißt er auch nicht.«

Violet und Sunny nickten und die Kinder schlichen auf Zehenspitzen eine Biegung weiter ins nächste Stockwerk. Sie blieben stehen und lauschten. Sie hörten, wie ein Mann rief: »Ich gehe jetzt duschen, Mutter«, und Sunny schüttelte den Kopf.

»Mineak«, flüsterte sie. Das hieß: »Gunther würde niemals duschen. Der starrt doch immer vor Dreck.«

Violet und Klaus nickten und die Kinder schlichen auf Zehenspitzen eine Biegung weiter ins nächste Stockwerk und dann ins nächste und ins nächste und in viele, viele andere. Sie lauschten an jeder Tür, flüsterten kurz miteinander und schlichen weiter. Immer tiefer gelangten sie, und langsam wurden sie müde, so wie immer, wenn sie auf- oder abstiegen. Doch dieses Mal kamen neue Qualen hinzu: Die Zehenspitzen wurden müde vom vielen Trippeln. Die Hälse wurden wund vom vielen Flüstern. Die Ohren taten ihnen weh vom vielen Lauschen, und die Köpfe hingen schon schlaff herunter vom vielen Nicken, wenn sie sich wieder einmal einig waren, dass nichts von dem, was sie hörten, sich nach Gunther anhörte. Die Zeit verging, die Baudelaires trippelten und lauschten, flüsterten und nickten, und als sie endlich in der Eingangshalle ankamen, da gab es wohl keinen einzigen Körperteil an ihnen, der nicht irgendwie gelitten hatte unter dem langen Abstieg.

»Das war anstrengend«, sagte Violet, setzte sich auf die letzte Stufe und ließ die Wasserflasche herumgehen. »Anstrengend und fruchtlos.«

»Traube«, sagte Sunny.

»Nein, nein, Sunny«, antwortete Violet, »ich hab nicht gemeint, dass wir kein Obst mehr haben. Ich wollte sagen, dass wir nicht schlauer als vorher sind. Glaubt ihr, wir haben eine Tür ausgelassen?«

»Nein«, sagte Klaus, schüttelte den Kopf und ließ die Schachtel mit den Crackern herumgehen. »Ich hab genau aufgepasst. Dieses Mal habe ich sogar die Stockwerke gezählt, so dass wir auf dem Rückweg noch mal nachzählen könnten. Es sind übrigens weder achtundvierzig noch vierundachtzig. Es sind sechsundsechzig, was zufällig genau der Durchschnitt der beiden Zahlen ist. Sechsundsechzig Etagen, sechsundsechzig Türen – und kein Sterbenswörtchen von Gunther hinter einer einzigen.«

»Ich versteh das nicht«, sagte Violet traurig. »Wenn er nicht im Penthaus ist, nicht in einer anderen Wohnung und das Gebäude auch nicht verlassen hat – wo kann er dann bloß sein?«

»Vielleicht ist er ja doch im Penthaus«, sagte Klaus, »und wir haben ihn nur nicht entdeckt.«

»Bischui«, sagte Sunny und das hieß: »Oder er ist doch in einer der anderen Wohnungen und wir haben ihn nur nicht gehört.«

»Oder er hat das Gebäude doch verlassen«, sagte Violet, während sie einen Cracker mit Apfelgelee bestrich und ihn Sunny reichte. »Wir können den Portier fragen. Da ist er.«

Der Portier stand tatsächlich an seinem gewohnten Platz neben der Tür und hatte soeben bemerkt, dass auf der untersten Stufe drei erschöpfte Kinder saßen. »Hallo, ihr drei«, sagte er und kam auf sie zu. Unter der breiten Krempe seines Hutes lächelte er sie an. Aus einem seiner langen Ärmel schaute ein kleiner holzgeschnitzter Seestern hervor, aus dem anderen eine Leimflasche. »Gerade wollte ich die neue Dekoration anbringen, da kam es mir so vor, als ob da jemand auf der Treppe wäre.«

»Wir hatten einfach vor, hier unten in der Halle ein kleines Picknick zu machen. Danach wollten wir wieder hochgehen«, sagte Violet, weil sie nicht zugeben wollte, dass sie und ihre Geschwister an fremden Türen gelauscht hatten.

»Tut mir Leid, aber ich darf euch nicht wieder nach oben lassen«, sagte der Portier und zuckte unter seinem übergroßen Mantel mit den Schultern. »Ihr müsst hier unten in der Halle bleiben. Meine Anweisungen waren ganz klar: Ihr solltet nicht ins Penthaus von Mr. und Mrs. Elend zurückkehren, solange der Gast nicht gegangen war. Gestern Abend habe ich euch hochgehen lassen, weil Mr. Elend meinte, der Gast sei bestimmt gerade auf dem Weg nach unten. Aber er hat sich geirrt, Gunther ist nie hier unten aufgetaucht.«

»Soll das heißen, Gunther hat das Gebäude noch nicht verlassen?«, fragte Violet.

»Natürlich nicht«, antwortete der Portier. »Ich bin Tag und Nacht hier und ich habe ihn nicht weggehen sehen. Ich schwöre, dass Gunther nie zu dieser Tür hinausgegangen ist.«

»Wann schlafen Sie eigentlich?«, fragte Klaus.

»Ach, ich trinke viel Kaffee«, antwortete der Portier.
»Das ergibt keinen Sinn«, sagte Violet.
»Und ob«, sagte der Portier. »Kaffee enthält Koffein und das ist ein chemisches Stimulanz. Davon bleibt man wach.«
»Ich meinte nicht den Kaffee«, erwiderte Violet. »Ich meinte das, was Sie über Gunther gesagt haben. Esmé, das heißt Mrs. Elend, ist sich hundert Prozent sicher, dass er das Penthaus gestern Abend verlassen hat, als wir noch beim Essen waren. Sie hingegen sind ebenso sicher, dass er das Gebäude nie verlassen hat. Das kommt mir vor wie ein Rätsel ohne Lösung.«
»Zu jedem Rätsel gibt es eine Lösung«, sagte der Portier. »Zumindest sagt das ein guter Bekannter von mir immer. Manchmal braucht man sehr lange, bis man die Lösung findet, obwohl man sie direkt vor der Nase hat.«
Der Portier lächelte die Kinder an und ging dann auf den Aufzug zu. Er öffnete die Flasche mit dem Klebstoff, tropfte einen kleinen Klecks Leim auf eine der Türen und presste den hölzernen Seestern dagegen. Es ist immer ziemlich langweilig, jemandem zuzuschauen, der Sachen anklebt, und so konzentrierten sich Violet und Sunny bald wieder auf ihr Picknick und die Frage nach Gunthers Verschwinden. Nur Klaus schaute weiter zum Portier hinüber,

der weiter die Halle dekorierte. Das mittlere der Baudelaire-Kinder schaute und schaute und schaute. Es schaute noch immer, als der Leim längst getrocknet und der Portier an seinen Platz neben der Tür zurückgekehrt war. Klaus starrte noch immer den Seestern an, der jetzt ganz fest an einer der Aufzugtüren klebte, denn in diesem Moment, nach einem anstrengenden Morgen, an dem sie das Penthaus durchsucht hatten, und einem ermüdenden Nachmittag, an dem sie an allen Türen gelauscht hatten, begriff er, dass der Portier Recht gehabt hatte. Klaus hielt seinen Kopf ganz starr, denn er hatte begriffen, dass er die Lösung in der Tat vor seiner Nase hatte.

Siebtes Kapitel

Wenn du jemanden lange kennst, dann hast du dich an seine Marotten gewöhnt. *Marotte* ist ein anderes Wort für Eigenheit. Sunny Baudelaire zum Beispiel kannte ihre Schwester Violet schon ziemlich lange, und sie wusste, dass es zu Violets Marotten gehörte, sich das Haar im Nacken mit einem Band zusammenzubinden, damit es ihr nicht ins Gesicht fiel, wenn sie dabei war, etwas zu erfinden. Violet kannte Sunny genauso lange, und sie wusste, dass es zu Sunnys Marotten gehörte, »Fredschip?« zu sagen, wenn sie eigentlich die Frage stellen wollte: »Wie kannst du in so einem Augenblick an Fahrstühle denken?« Und die beiden jungen Damen Baudelaire kannten ihren Bruder Klaus so gut, dass sie wussten, dass es zu seinen Marotten gehörte, nichts in seiner Umgebung wahrzunehmen, wenn er angestrengt über etwas nachdachte. Und genau das tat er im weiteren Verlauf dieses Nachmittags.

Der Portier bestand weiter darauf, dass die drei Waisen nicht ins Penthaus zurückkehren durften, also saßen die Kinder weiter auf der untersten Stufe der langen Treppe des Hauses Dunkle Allee 667, aßen das Essen, das sie von oben mitgebracht hatten, und ruhten ihre müden Beine aus, die sich nicht mehr so schwer angefühlt hatten, seit Graf Olaf in seiner vorherigen Verkleidung sie gezwungen hatte, hunderte und aberhunderte von Runden zu laufen, weil das zu dem Plan gehörte, mit dem er das Vermögen der Baudelaires an sich reißen wollte.

Wenn man so dasitzt, isst und sich ausruht, dann ist es schön, sich dabei zu unterhalten. Violet und Sunny hätten sich sehr gern über Gunthers geheimnisvolles Auftauchen und Verschwinden unterhalten und darüber, was sie nun tun sollten, doch Klaus beteiligte sich kaum an dem Gespräch. Nur wenn seine Schwestern ihn ganz direkt etwas fragten, zum Beispiel: »Wo um alles in der Welt kann Gunther bloß stecken?« oder »Was glaubst du, was er ausheckt?« oder »Topoing?«, dann murmelte Klaus irgendeine Antwort, und Violet und Sunny begriffen bald, dass Klaus anscheinend sehr angestrengt über etwas nachdachte. Also überließen sie ihn seiner Marotte und redeten leise miteinander, bis der Portier die Tür aufriss und Jerome und Esmé hereinspaziert kamen.

»Hallo, Jerome«, sagte Violet. »Hallo, Esmé.«

»Tretschev!«, quiekte Sunny, was so viel hieß wie: »Willkommen zu Hause!«

Klaus brummte irgendetwas.
»Was für eine schöne Überraschung, dass ihr alle hier unten wartet!«, sagte Jerome. »In der Gesellschaft von drei so reizenden Menschen fällt es einem bestimmt viel leichter, die vielen Stufen hinaufzuklettern.«
»Außerdem könnt ihr die Kästen mit der Petersiliensoda tragen, die vor der Tür gestapelt sind«, sagte Esmé. »So muss ich mir wenigstens keine Sorgen machen, dass mir ein Fingernagel abbricht.«
»Wir würden sehr gern schwere Kästen sämtliche Treppen hochtragen«, sagte Violet, »aber der Portier sagt, wir dürfen nicht zurück ins Penthaus.«
»Ihr dürft nicht? Was soll das denn nun wieder heißen?« Jerome runzelte die Stirn.
»Sie hatten mir ausdrücklich Anweisung gegeben, Mrs. Elend, die Kinder nicht nach oben zu lassen«, sagte der Portier. »Wenigstens so lange nicht, bis Gunther das Haus verlassen hätte. Und bis jetzt hat er das nicht.«
»Machen Sie sich doch nicht lächerlich«, antwortete Esmé. »Er hat unser Penthaus doch schon gestern Abend verlassen. Was sind Sie nur für ein Portier?«
»Ehrlich gesagt bin ich Schauspieler«, sagte der Portier, »aber es fiel mir trotzdem nicht schwer, all Ihren Anweisungen zu folgen.«
Esmé sah den Portier so streng an, wie sie es vermut-

lich auch mit Kunden tat, die sie in finanziellen Angelegenheiten beriet. »Die Anweisungen haben sich geändert«, sagte sie. »Die neue Anweisung lautet: Lassen Sie mich und meine Waisenkinder sofort in mein Einundsiebzig-Schlafzimmer-Penthaus gehen. Kapiert, Hohlkopf?«

»Kapiert«, antwortete der Portier ergeben.

»Gut«, sagte Esmé und wandte sich den Kindern zu. »Beeilt euch, Kinder«, sagte sie. »Violet und Wieheißt-er-noch können je einen Kasten Soda nehmen, den Rest trägt Jerome. Das Baby wird uns wenig nützen, aber das war ja auch nicht anders zu erwarten. Also, bewegt euch.«

Die Baudelaires bewegten sich und gleich darauf befanden sich drei Kinder und zwei Erwachsene auf dem sechsundsechzig Stockwerke langen Weg nach oben. Die Kinder hofften, Esmé würde ihnen helfen, die schweren Wasserkästen zu tragen, aber die sechstwichtigste Finanzberaterin der Stadt war viel mehr daran interessiert, in allen Einzelheiten von ihrem Treffen mit dem König von Arizona zu erzählen, als irgendwelche Waisenkinder zu verhätscheln.

»Er hat mir eine ganze Liste von Sachen gesagt, die jetzt in sind«, sagte Esmé mit schriller Stimme. »Pampelmusen zum Beispiel und leuchtend blaue Müslinäpfe, Fototapeten mit Wieseln und zig andere Sachen, die ich euch alle aufzählen werde.« Den ganzen Weg bis nach oben zählte Esmé tatsächlich sämtliche Dinge auf, die seit neuestem in waren, wie sie von Seiner Königlichen Hoheit von Arizona erfahren hatte, und die beiden Schwestern lauschten aufmerksam – allerdings nicht Esmés furchtbar langweiligem Geschwätz. Hinter jeder Treppenbiegung horchten sie noch einmal ganz genau, ob vielleicht doch hinter einer der Wohnungstüren etwas von Gunther zu hören war. Weder Violet noch Sunny hörten irgendetwas Verdächtiges, und sie hätten Klaus gern gefragt – im Flüsterton natürlich, damit Esmé und Jerome es nicht mitbekamen –, ob er irgendein Gunther-Geräusch gehört habe. Aber der dachte immer noch angestrengt über irgendetwas nach und achtete wegen seiner Marotte genauso wenig auf die Geräusche in den anderen Wohnungen wie auf Esmé, die immer noch alles herunterratterte, was neuerdings in war – eine Liste, die mit Autoreifen und Skilanglauf begann und mit Filmen über Wasserfälle noch lange nicht endete.

»Ach ja, und magentarote Tapeten!«, sagte Esmé, als die Baudelaires und die Elends ihr Abendessen aus allen Zutaten, die gerade in waren, mit Petersiliensoda runterspülten, die übrigens noch scheußlicher schmeckte, als es sich anhört. »Und dreieckige Bilderrahmen und feine Fischernetze und Mülleimer mit aufgestempelten Buchstaben und …«

»Entschuldigung«, sagte Klaus und seine Schwestern zuckten leicht zusammen. Es war das erste Mal, dass Klaus überhaupt etwas sagte, seit sie unten in der Halle gewesen waren, abgesehen davon, dass er ab und zu mal etwas gemurmelt hatte. »Ich unterbreche dich nur ungern, aber meine Schwestern und ich sind sehr müde. Wir würden gern zu Bett gehen – würdet ihr uns bitte entschuldigen?«

»Selbstverständlich«, sagte Jerome. »Ihr müsst ausgeschlafen sein für die Auktion morgen. Um Punkt halb elf fahre ich mit euch zur Veblen-Halle, also –«

»Kommt nicht in Frage«, unterbrach ihn Esmé. »Gelbe Büroklammern sind in, Jerome, du wirst also gleich bei Sonnenaufgang ins Schreibwarenviertel gehen und mir welche besorgen. Die Kinder können später mit mir fahren.«

»Ich will mich nicht mit dir streiten«, sagte Jerome achselzuckend und lächelte den Kindern matt zu. »Esmé, möchtest du die Kinder nicht ins Bett bringen und gut zudecken?«

»O nein«, erwiderte Esmé und nippte mit gerunzelter Stirn an ihrer Petersiliensoda. »Drei zappelnde Kinder unter ihre Bettdecken zu stecken klingt nach deutlich mehr Arbeit, als es wert ist. Wir sehen uns ja morgen, Kinder.«

»Hoffentlich«, sagte Violet gähnend. Sie wusste, dass Klaus darum gebeten hatte, sich zurückziehen zu dürfen, weil er seinen Schwestern erzählen wollte, worüber er nachgedacht hatte. Doch nachdem sie die Nacht davor kein Auge zugemacht und dann noch den Tag damit zugebracht hatte, das ganze Penthaus abzusuchen und auf Zehenspitzen alle Treppen hinunterzugehen, war die Älteste der Baudelaires wirklich ziemlich müde. »Gute Nacht, Esmé. Gute Nacht, Jerome.«

»Gute Nacht, Kinder«, sagte Jerome. »Und was ich noch sagen wollte: Wenn ihr nachts aufsteht, um euch was zu essen zu machen, dann versucht bitte, nichts fallen zu lassen. Neuerdings finde ich so viele Krümel in der Wohnung.«

Die Baudelaire-Waisen sahen einander schmunzelnd an, als sie an ihr Geheimnis dachten. »Tut mir Leid«, sagte Violet, »wenn ihr wollt, können wir morgen Staub saugen.«

»Staubsauger!«, rief Esmé. »Ich wusste, da war noch was. Ach ja, und Wattebällchen und alles mit Schokostreuseln und …«

Die Baudelaires hatten keine Lust, sich Esmés Liste noch länger anzuhören, also trugen sie ihre Teller in die Küche, gingen durch einen Flur, dessen Wände mit allen möglichen Geweihen dekoriert waren, durchquerten ein Wohnzimmer, kamen an fünf Bädern vorbei und bogen bei einer weiteren Küche links ab. Dann hatten sie endlich Violets Zimmer erreicht.

»Also los, Klaus«, sagte Violet zu ihrem Bruder, als die drei Kinder es sich in einer Ecke bequem gemacht hatten. »Ich weiß, du hast angestrengt über etwas nachgedacht. Du hast nämlich diese Eigenheit, dass du beim Nachdenken nichts mehr mitkriegst, was um dich herum passiert.«

»Solche Eigenheiten nennt man Marotten«, sagte Klaus.

»Leksi«, rief Sunny und das hieß: »Um unseren Wortschatz können wir uns ein anderes Mal kümmern – jetzt sag uns, woran du gedacht hast.«

»'tschuldigung, Sunny. Also, ich glaube, ich weiß jetzt, wo Gunther sich versteckt halten könnte, aber hundert Prozent sicher bin ich noch nicht. Erst muss ich dich was fragen, Violet: Wie viel verstehst du von Aufzügen?«

»Von Aufzügen?«, wiederholte Violet. »Eigentlich eine ganze Menge. Mein Freund Ben hat mir mal Baupläne von Fahrstühlen zum Geburtstag geschenkt und ich hab sie gründlich studiert. Sie sind natürlich mit verbrannt, aber ich weiß noch, dass ein Aufzug im Wesentlichen aus einer Plattform besteht, die von drei Wänden umgeben ist und sich mit Hilfe einer Endlosschleife und verschiedener

Seile auf der Vertikalen bewegt. Gesteuert wird das Ganze von einer Konsole mit Druckknöpfen, die ein elektromagnetisches Bremssystem regulieren, so dass der Transport jederzeit an jedem gewünschten Haltepunkt unterbrochen werden kann. Mit anderen Worten, ein Aufzug ist eine Kiste, die sich hoch- oder runterbewegt, je nachdem, wo man hin will. Aber wieso fragst du?«

»Fredschip?«, fragte Sunny. Wie du weißt, hieß das: »Wie kannst du in so einem Augenblick an Fahrstühle denken?«, in der Sprechweise, die zu Sunnys Marotten gehörte.

»Der Portier hat mich darauf gebracht«, sagte Klaus. »Erinnert ihr euch, dass er gesagt hat, dass man die Lösung manchmal direkt vor der Nase hat? Als er das sagte, war er gerade dabei, diesen hölzernen Seestern an den Aufzug zu kleben.«

»Ich hab's gesehen. Besonders schön sah es nicht aus«, sagte Violet.

»Es sah überhaupt nicht schön aus«, gab Klaus ihr Recht, »aber das meinte ich jetzt nicht. Im Flur vor unserem Penthaus sind zwei Aufzugtüren. Auf allen anderen Stockwerken ist aber nur eine.«

»Das ist richtig«, sagte Violet, »und wenn ich es mir recht überlege, ist es auch merkwürdig. Das heißt doch, dass einer der Aufzüge überhaupt nur im obersten Stockwerk anhalten kann.«

»Jelliverk!«, sagte Sunny und das hieß: »Der zweite Aufzug ist praktisch völlig nutzlos.«

»Ich glaube nicht, dass er nutzlos ist«, widersprach Klaus. »Ich glaube, dass er gar nicht da ist.«

»Nicht da?«, fragte Violet. »Aber dann wäre da ja bloß ein leerer Fahrstuhlschacht.«

»Middiou?«, fragte Sunny.

»Ein Fahrstuhlschacht ist der Weg, den der Aufzug benutzt, um hoch- und runterzufahren«, erklärte ihr Violet. »So etwas Ähnliches wie ein Korridor, nur dass dieser von oben nach unten führt und nicht von einer Seite zur anderen.«

»Und so ein Korridor«, fügte Klaus hinzu, »könnte zu einem Versteck führen.«

»Aha«, rief Sunny.

»Aha trifft es genau«, sagte Klaus. »Stellt euch vor, wenn Gunther einen leeren Fahrstuhlschacht benutzt hat anstelle der Treppe, dann würde kein Mensch je wissen, wo er steckt. Ich glaube nicht, dass der Aufzug stillgelegt worden ist, weil er out ist. Ich glaube, dass sich Gunther dort versteckt.«

»Aber wieso versteckt er sich?«, fragte Violet. »Was hat er vor?«

»Für den Teil des Rätsels weiß ich auch keine Lösung«, musste Klaus zugeben, »aber ich bin sicher, dass wir die Antwort hinter den Fahrstuhltüren finden. Lasst uns mal nachschauen, was sich hinter der zweiten Tür verbirgt. Wenn wir Seile sehen und all die anderen Sachen, die du beschrieben hast, Violet, dann ist es ein richtiger Aufzug. Wenn nicht –«

»– dann sind wir auf der richtigen Spur«, ergänzte Violet. »Am besten, wir gehen jetzt gleich.«

»Wenn wir jetzt gleich gehen«, gab Klaus zu bedenken, »dann müssen wir aber ganz leise sein. Die Elends werden nicht zulassen, dass drei Kinder sich an einem Fahrstuhlschacht zu schaffen machen.«

»Es ist riskant, aber wenn es uns hilft, hinter Gunthers Pläne zu kommen, dann lohnt sich das Risiko«, sagte Violet. Leider tat es das nicht, aber das konnten die Baudelaires natürlich nicht wissen, also nickten sie nur zustimmend und begaben sich auf Zehenspitzen zum Ausgang. In jeden Raum, den sie durchqueren mussten, spähten sie erst hinein, ob vielleicht Jerome und Esmé dort waren, doch die beiden verbrachten den Abend offenbar in einem anderen Teil der Wohnung. Die beiden schienen nämlich wie vom Erdboden verschluckt – was natürlich nicht bedeuten soll, dass plötzlich irgendwo ein Loch im Boden gewesen wäre, sondern nur, dass die Kinder absolut nichts von Jerome und Esmé zu sehen bekamen, bis sie bei der Wohnungstür angelangt waren. Sie hofften inständig, die Tür möge nicht quietschen, aber anscheinend waren die Scharniere frisch geölt, so dass die Baudelaires ohne das geringste Geräusch hinausgelangten. Auf Zehenspitzen schlichen sie zu den beiden Aufzugtüren hinüber.

»Woher sollen wir wissen, welcher Aufzug welcher ist?«, wisperte Violet. »Die beiden Türen sehen genau gleich aus.«

»Daran habe ich noch gar nicht gedacht«, entgegnete Klaus. »Wenn eine von ihnen tatsächlich zu einem Geheimgang führt, dann muss es doch irgend einen Hinweis darauf geben.«

Sunny zerrte an den Hosenbeinen ihrer Geschwister, was eine gute Methode war, die beiden völlig geräuschlos auf sich aufmerksam zu machen, und als Violet und Klaus fragend nach unten blickten, antwortete Sunny wiederum wortlos. Sie reckte nur einen ihrer winzigen Finger hoch und zeigte auf die Knöpfe neben den Aufzugtüren. Neben einer war ein einziger Druckknopf angebracht, auf dem ein Pfeil nach unten zeigte. Doch neben der zweiten Tür gab es zwei Knöpfe: einen mit einem Pfeil, der nach unten zeigte, und einen zweiten mit einem Pfeil, der nach oben zeigte. Nachdenklich betrachteten die Kinder die Knöpfe.

»Wozu braucht man einen Knopf für eine Fahrt nach oben, wenn man ohnehin schon ganz oben ist?«, flüsterte Violet, und ohne eine Antwort abzuwarten, streckte sie eine Hand aus und drückte auf den Knopf. Leise öffneten sich die automatischen Schiebetüren und die Kinder traten ganz dicht an den Schacht. Was sie sahen, ließ sie nach Luft schnappen.

»Lakri«, sagte Sunny und das hieß: »Es gibt keine Seile.«

»Nicht nur das«, sagte Violet, »es gibt auch keine Endlosschleife, keine Druckknopfkonsole und kein elektromagnetisches Bremssystem. Nicht einmal eine von drei Wänden umschlossene Plattform kann ich entdecken.«

»Ich wusste es«, sagte Klaus mit unterdrückter Begeisterung. »Ich wusste, dass dieser Aufzug eine Attrappe ist.«

Das Wort Attrappe bedeutet, dass etwas nicht echt ist, sondern nur eine täuschend ähnliche Nachbildung, so wie der Geheimgang, in den die Baudelaires jetzt starrten, einem Aufzugschacht täuschend ähnlich war. Es hätte aber auch bedeuten können: der schrecklichste Ort, den die Kinder je gesehen hatten. Als sie am Rand des Schachts standen und hinunterstarrten, war ihnen, als stünden sie am Rande einer gewaltigen Klippe und schauten hinab in schwindelnde Tiefen. Der Schacht glich mehr einer Grube als einem Gang, da er tief hinabführte in einen Abgrund, der schwärzer war als alles, was die Kinder je gesehen hatten. Schwärzer als je eine Nacht gewesen war, selbst mondlose Nächte. Schwärzer als die Dunkle Allee am Tag ihrer Ankunft. Schwärzer sogar als ein teerbedeckter, pechschwarzer Panther, der auf dem tiefsten Grund des schwarzen Meeres schwarze Lakritze isst. Nie, nicht einmal in ihren schrecklichsten Alpträumen hatten die Baudelaires es sich träumen lassen, dass es irgendetwas geben könne, was so schwarz wäre. Und als sie nun so dastanden am Rande dieser unvorstellbaren Schwärze, da war ihnen, als würde der Fahrstuhlschacht sie im nächsten Augenblick einfach verschlingen, so dass sie nie mehr ein Fünkchen Licht sehen würden.

»Wir müssen da runter«, sagte Violet und konnte selbst kaum fassen, was sie da eben gesagt hatte.

»Ich weiß nicht, ob ich den Mut aufbringe«, meinte Klaus. »Guck doch mal, wie dunkel es da ist. Es macht mir Angst.«

»Prollit«, sagte Sunny und meinte damit: »Aber nicht so viel Angst wie das, was Gunther mit uns macht, wenn wir nicht hinter seinen Plan kommen.«

»Warum gehen wir nicht zu Jerome und Esmé und erzählen ihnen, was wir gesehen haben?«, fragte Klaus. »Dann können die ja in den Geheimgang klettern.«

»Wir haben nicht genug Zeit, um uns mit den beiden herumzustreiten«, sagte Violet. »Jede Minute, die wir verlieren, ist eine Minute, die die Quagmeirs länger in Gunthers Klauen zubringen müssen.«

»Aber wie wollen wir da runterkommen?«, fragte Klaus. »Ich sehe keine Leiter und auch keine Treppe. Ich sehe überhaupt nichts.«
»Wir müssen klettern«, sagte Violet, »an einem Seil. Aber wie kommen wir um diese Zeit an ein Seil? Die meisten Haushaltswarenläden machen um sechs zu.«
»Im Penthaus muss es doch irgendwo ein Seil geben«, meinte Klaus. »Wir teilen uns auf und machen uns auf die Suche. In einer Viertelstunde treffen wir uns wieder hier.«
Violet und Sunny waren einverstanden und so traten die drei vorsichtig vom Schacht zurück und gingen auf Zehenspitzen wieder ins Penthaus zurück. Wie Einbrecher fühlten sie sich, als sie sich getrennt auf die Suche machten, obwohl es in der ganzen Geschichte des Einbruchs überhaupt nur fünf Einbrecher gegeben hat, die sich auf den Diebstahl von Seilen spezialisiert hatten. Alle fünf wurden übrigens gefasst und kamen hinter Gitter, weswegen die meisten Leute ihre Seile gar nicht erst wegschließen. Aber zu ihrer großen Enttäuschung mussten die Baudelaires feststellen, dass zwar auch Esmé und Jerome ihre Seile nicht wegschlossen, aber nur aus dem Grund, dass sie gar keine besaßen.
»Ich hab nicht das kleinste bisschen Seil finden können«, gestand Violet, als sie wieder mit ihren

Geschwistern zusammenkam. »Bloß diese Verlängerungskabel, aber die tun's vielleicht auch.«

»Ich hab die Gardinenkordeln von ein paar Fenstern abgemacht«, sagte Klaus. »Sie erinnern ein wenig an Seile, deswegen hab ich gedacht, sie würden uns vielleicht nützen.«

»Armani«, sagte Sunny und hielt einen ganzen Arm voll Krawatten aus Jeromes Sammlung hoch.

»Keine echtes Seil, aber so was wie eine Attrappe«, sagte Violet. »Um in den Schacht einer Aufzugattrappe hinabzusteigen, taugt es vielleicht. Kommt, wir knoten sie alle zusammen mit der Teufelszunge.«

»Teufelszunge?«, fragte Klaus.

»Das ist ein Knoten«, erklärte Violet. »Er wurde im fünfzehnten Jahrhundert von finnischen Piratinnen erfunden. Ich habe ihn benutzt, als Graf Olaf Sunny in diesem Käfig gefangen hielt, der vor seinem Turmzimmer herunterbaumelte. Für diesen Zweck hier wird er genauso gut sein. Wir müssen das Seil so lang wie möglich machen – so weit wir wissen, reicht der Schacht bis ganz nach unten ins Erdgeschoss.«

»Mir kommt es so vor, als reichte er bis zum Mittelpunkt der Erde«, sagte Klaus. »Jetzt haben wir so viel Zeit damit verbracht, vor Graf Olaf wegzulaufen – ich kann es nicht fassen, dass wir nun versuchen wollen, ihn zu finden.«

»Ich auch nicht«, gab Violet zu. »Wenn die Quagmeirs nicht wären, würde ich auch nicht da runtersteigen.«

»Bangemp«, erinnerte Sunny ihre Geschwister. Damit meinte sie so etwas wie: »Wenn die Quagmeirs nicht wären, hätte Graf Olaf uns schon längst in seinen Klauen.« Die beiden älteren Baudelaires nickten. Violet zeigte ihren Geschwistern, wie man die Teufelszunge machte, und dann knoteten die drei so schnell wie möglich die Verlängerungskabel an die Gardinenkordeln, die Gardinenkordeln an die Krawatten und die letzte Krawatte an den stabilsten Gegenstand, den sie entdecken konnten: den Türknauf an der Eingangstür zum Penthaus. Violet überprüfte noch einmal die Arbeit ihrer Geschwister und zog dann zufrieden an dem ganzen Seil.

»Halten dürfte es uns«, sagte sie. »Ich hoffe bloß, dass es auch lang genug ist.«

»Warum lassen wir das Seil nicht in den Schacht hinunter«, schlug Klaus vor, »und horchen, ob es unten aufkommt? Dann wissen wir es wenigstens genau.«

»Gute Idee«, antwortete Violet und trat an den Rand des Schachts. Sie warf das Ende des äußersten Verlängerungskabels hinunter, und dann sahen die Kinder zu, wie es in der Finsternis verschwand und den Rest des Seils hinter sich herzog. Rasch wickelte sich die Rolle aus Kordeln und Kabeln und Krawatten ab, wie eine lange Schlange, die gerade aufwacht und sich in eine Grube hinunterschlängelt. Die Kinder beugten sich vor und lauschten angestrengt, während ihr Seil immer weiter in der Tiefe verschwand. Schließlich hörten sie ein ganz schwaches *Kling*, so als wäre das Verlängerungskabel auf etwas Metallenes getroffen, und die drei Waisen sahen einander an. Der Gedanke, so tief hinunterzuklettern, im Dunkeln und an einer selbst gebauten Seilattrappe, weckte in ihnen den Wunsch, auf der Stelle kehrtzumachen und, ohne auch nur einmal anzuhalten, in ihre Zimmer zu rennen und sich die Decke über den Kopf zu ziehen. Nebeneinander standen die Geschwister am Rande dieses dunklen und schrecklichen Abgrunds und fragten sich, ob sie tatsächlich den Mut hätten, sich an den Abstieg zu machen. Das Seil der Baudelaires hatte es bis nach unten geschafft. Aber würden die Baudelaires selbst es auch schaffen?

»Seid ihr bereit?«, fragte Klaus schließlich.

»Nein«, antwortete Sunny.

»Ich auch nicht«, sagte Violet, »aber wenn wir warten wollen, bis wir es sind, dann stehen wir bis an unser Lebensende hier. Also los.«

Violet ruckte ein letztes Mal an dem Seil, bevor sie sich ganz, ganz langsam in den Schacht hinunterließ. Klaus und Sunny sahen ihr nach, wie sie in der Finsternis verschwand, so als hätte ein riesiges, ausgehungertes Wesen sie verschlungen. »Kommt«, hörten sie ihr Flüstern aus der Dunkelheit. »Alles okay.«

Klaus blies sich in die Hände, Sunny tat es ihm nach, und dann folgten die beiden jüngeren Baudelaires ihrer Schwester in die totale Dunkelheit des Aufzugschachts, nur um sehr bald festzustellen, dass Violet nicht die Wahrheit gesagt hatte. Es war nicht alles okay. Nicht einmal die Hälfte war okay. Nicht einmal ein Siebenundzwanzigstel. In diesen düsteren Gang hinunterzuklettern war, als fiele man in ein tiefes Loch am Grunde eines tiefen Schachts am Boden eines tiefen Verlieses tief unter der Erde, und von allem, was die Baudelaires je erlebt hatten, war diese Situation wirklich am allerwenigsten okay. Ihre Hände umklammerten das Seil, das Einzige, was sie überhaupt sahen, denn obwohl ihre Augen sich langsam an die Dunkelheit gewöhnten, so hatten die Kinder doch Angst und mochten nirgends hinschauen, schon gar nicht in die Tiefe. Das leise *Kling* des Seilendes war das Einzige, was die drei hörten, denn vor lauter Aufregung sprachen sie kein Wort. Und das Einzige, was sie fühlten, war die nackte Angst, die so tief und so schwarz war wie der Schacht. So abgrundtief war sie, dass ich selbst immer mit vier Nachtlichtern schlafe, seit ich das Haus in der Dunklen Allee

667 besichtigt und den tiefen Abgrund gesehen habe, in den die Baudelaires hinuntergeklettert sind. Bei meinem Besuch sah ich übrigens auch, was die drei Waisen sahen, als sie nach mehr als dreistündigem fürchterlichem Abstieg den Grund erreicht hatten. Inzwischen hatten ihre Augen sich an die Dunkelheit gewöhnt, und so erkannten sie, wogegen das Seilende immer geschlagen hatte, wenn dieses schwache *Kling* zu hören gewesen war. Das Ende des äußersten Verlängerungskabels war tatsächlich auf Metall getroffen, und zwar auf ein metallenes Schloss. Dieses Schloss war an einer metallenen Tür befestigt, die an einer Reihe von Metallstangen angebracht war, die zusammen einen Metallkäfig bildeten. Als meine Nachforschungen mich in diesen Schacht führten, war der Käfig leer, und zwar seit langem. Doch als die Baudelaires dort unten ankamen, war er nicht leer. Als sie am Grunde dieses tiefen und schrecklichen Ortes anlangten, da schauten die Baudelaires in den Käfig und sahen die zusammengekauerten, zitternden Gestalten von Duncan und Isidora Quagmeir.

Achtes Kapitel

»Ich träume«, sagte Duncan Quagmeir. Vor lauter Schreck konnte er nur noch ein heiseres Flüstern hervorbringen. »Ich muss träumen.«

»Aber wie ist es möglich«, fragte ihn Isidora, »dass wir beide dasselbe träumen?«

»Ich habe mal was gelesen über eine Reporterin«, wisperte Duncan, »die aus einem Kriegsgebiet berichtete und drei Jahre lang vom Feind gefangen gehalten wurde. Jeden Morgen schaute sie aus dem Fenster ihrer Zelle und sah, wie ihre Großeltern kamen, um sie zu befreien. In Wirklichkeit waren sie aber nicht da. Es handelte sich um eine Halluzination.«

»Ich habe mal was gelesen über einen Dichter«, sagte Isidora, »der an jedem Dienstagabend sechs wunderschöne junge Mädchen in seiner Küche sah, obwohl die Küche in Wirklichkeit leer war. Es handelte sich um ein Phantasma.«

»Nein«, sagte Violet und steckte eine Hand zwischen den Metallstäben des Käfigs hindurch. Die Quagmeirs verkrochen sich rasch in den hintersten Winkel ihres Käfigs, so als wäre Violet eine giftige Spinne und nicht eine Freundin, die sie seit langem verloren geglaubt hatten. »Ich bin keine Halluzination. Ich bin Violet Baudelaire.«

»Und ich bin Klaus«, sagte Klaus. »Ich bin kein Phantasma.«

»Sunny!«, sagte Sunny.

Die Baudelaire-Waisen zwinkerten heftig und bemühten sich, trotz der Dunkelheit so viel wie möglich zu sehen. Nachdem sie nicht mehr am Ende ihres baumelnden Seils hingen, konnten sie sich wenigstens gründlich in ihrer düsteren Umgebung umschauen. Ihr langer Abstieg hatte in einem winzigen, verdreckten Raum geendet, in dem es nichts gab außer dem rostigen Käfig, gegen den das Ende des Verlängerungskabels immer geschlagen hatte, doch von diesem Raum ging ein langer gewundener Gang ab, der nicht weniger finster war als der Fahrstuhlschacht und irgendwo in der Dunkelheit entschwand. Auch die Baudelaires schauten sich die Quagmeirs gründlich an, und was sie da zu sehen bekamen, war nicht weniger gruselig. Sie waren in Lumpen gekleidet, und ihre Gesichter starrten vor Dreck, so dass die Baudelaires sie fast nur an den Notizbüchern erkannten, die die beiden Drillinge immer mit sich herumtrugen. Aber es waren gar nicht mal so sehr die dreckigen Gesichter der beiden oder ihre zerrissene Kleidung, die sie so veränderten. Es war ihr Gesichtsausdruck. Die Quagmeirs sahen erschöpft aus, sie sahen hungrig aus, vor allem aber sahen sie aus wie von Furien gehetzt, was hier heißen soll: »wie jemand, hinter dem Graf Olaf her ist«. Den Baudelaires brach es fast das Herz, ihre Freunde in so fürchterlicher Verfassung zu sehen.

»Seid ihr es wirklich?«, fragte Duncan und sah die Baudelaires mit zusammengekniffenen Augen aus dem hintersten Winkel des Käfigs an. »Ganz ehrlich? Ist das möglich?«

»Doch, wirklich«, sagte Violet und ihre Augen füllten sich mit Tränen.

»Sie sind es tatsächlich«, sagte Isidora und streckte die Hand nach Violet aus. »Wir träumen nicht, Duncan. Die Baudelaires sind wirklich hier.«

Auch Klaus und Sunny streckten jetzt die Hände zwischen den Metallstäben hindurch, und Duncan kam aus seiner Ecke hervor, um den Baudelaires so nahe zu sein, wie es angesichts des Käfigs möglich war. Die fünf Kinder umarmten sich, so gut es ging, sie lachten, weil sie endlich wieder beisammen waren, und gleichzeitig weinten sie.

»Wie um alles in der Welt konntet ihr wissen, wo wir sind?«, fragte Isidora. »Wir wissen es ja selbst noch nicht einmal.«

»Ihr seid in einem Geheimgang im Haus Nummer

667 in der Dunklen Allee«, sagte Klaus. »Aber wir wussten auch nicht, dass ihr hier sein würdet. Wir wollten nur herausfinden, was Gunther – so nennt Graf Olaf sich jetzt – im Schilde führt, und auf unserer Suche sind wir hier unten gelandet.«

»Ich weiß, wie er sich dieses Mal nennt«, sagte Duncan, »und ich weiß auch, was er im Schilde führt.« Er schauderte und öffnete sein Notizbuch, das eigentlich grün war, wie die Kinder sich erinnerten, doch hier in der Dunkelheit schwarz aussah. »Wenn er bei uns ist, gibt er nur die ganze Zeit mit seinen schrecklichen Plänen an, und wenn er gerade wegschaut, schreibe ich alles auf, was er gesagt hat, damit ich es nicht vergesse. Auch wenn ich ein Entführungsopfer bin, so bin ich doch trotzdem noch ein Journalist.«

»Und ich bin noch immer eine Dichterin«, sagte Isidora und öffnete ihr Notizbuch, das, wie die Kinder sich erinnerten, schwarz war und jetzt nur noch schwärzer aussah. »Hört zu:

Geht die Sonne unter am Tag der Auktion,
fährt Gunther mit uns beiden davon.«

»Wie will er das machen?«, fragte Violet. »Die Polizei weiß doch, dass ihr entführt worden seid, und sucht überall nach euch.«

»Ich weiß«, antwortete Duncan. »Deswegen will Gunther uns auch aus der Stadt herausschmuggeln und auf einer Insel verstecken, wo die Polizei uns nicht findet. Dort sollen wir bleiben, bis wir volljährig sind und er die Quagmeir-Saphire stehlen kann. Und wenn er unser Vermögen erst in Händen hat, dann nimmt er uns und …«

»Sag's nicht«, schrie Isidora und hielt sich die Ohren zu. »Er hat so viele schreckliche Sachen zu uns gesagt. Ich halte es nicht aus, sie noch einmal zu hören.«

»Keine Angst, Isidora«, sagte Klaus. »Wir werden die Polizei alarmieren, und dann nehmen sie ihn fest, bevor er euch irgendwas tun kann.«

»Aber es ist fast zu spät«, sagte Duncan. »Die Auktion ist schon morgen Vormittag. Er will uns in einem der Gegenstände verstecken, die versteigert werden, und einer von seinen Kumpanen soll den höchsten Preis bieten.«

»Und in was für einem Gegenstand?«, fragte Violet. Duncan blätterte sein Notizbuch durch, und seine Augen weiteten sich vor Schreck, als er einige der gemeinen Dinge wieder las, die Gunther gesagt hatte. »Ich weiß es nicht«, sagte er dann, »er hat uns so viele grauenvolle Geheimnisse erzählt, Violet. So viele fürchterliche Pläne – alle Betrügereien, die er in der Vergangenheit ausgeheckt hat, und alles, was er in Zukunft noch vorhat. Es steht alles hier in diesem

Notizbuch – angefangen mit F.F. bis hin zu diesem schrecklichen Plan mit der Auktion.«

»Wir werden noch genug Zeit haben, um über all diese Dinge zu reden«, unterbrach ihn Klaus, »aber jetzt sollten wir erst mal zusehen, dass wir euch aus diesem Käfig herauskriegen, bevor Gunther zurückkommt. Violet, meinst du, du kannst dieses Schloss knacken?«

Violet nahm das Schloss in die Hand und kniff die Augen zusammen, um in der Dunkelheit irgendetwas erkennen zu können. »Es ist ziemlich kompliziert«, sagte sie schließlich. »Er hat sich anscheinend besonders raffinierte Schlösser zugelegt, nachdem ich bei Onkel Monty seinen Koffer geknackt habe. Wenn ich Werkzeug hätte, dann könnte ich vielleicht irgendwas erfinden, aber hier unten gibt es absolut nichts.«

»Aguen?«, fragte Sunny, was so viel hieß wie: »Könnte man nicht die Stäbe durchsägen?«

»Sägen nicht«, meinte Violet so leise, als ob sie mit sich selbst spräche. »Ich hab nicht genug Zeit, um eine Säge zu fabrizieren. Aber vielleicht ...« Ihre Stimme brach ab, aber obwohl es so dunkel war, konnten die Kinder erkennen, dass sie ihr Haar im Nacken zusammenband, damit es ihr nicht ins Gesicht fiel.

»Sieh doch nur, Duncan«, sagte Isidora, »sie erfindet was. Gleich sind wir frei!«

»Seit wir entführt wurden«, erzählte Duncan, »haben wir jede Nacht davon geträumt, wie es sein würde, Violet Baudelaire zu sehen, wie sie uns mit einer Erfindung rettet.«

»Wenn wir euch rechtzeitig retten wollen«, sagte Violet, die ihr Hirn zermarterte, »dann müssen meine Geschwister und ich jetzt gleich wieder ins Penthaus zurück.«

Isidora schaute sich nervös in dem winzigen, dunklen Raum um. »Ihr lasst uns doch nicht allein?«, fragte sie.

»Wenn ich irgendwas erfinden soll, um euch aus diesem Käfig rauszuholen«, erklärte Violet, »dann brauche ich alle Hilfe, die ich kriegen kann, und deshalb müssen Klaus und Sunny mitkommen. Sunny, du fängst an. Klaus und ich kommen gleich hinter dir her.«

»Onosju«, sagte Sunny, was »Jawohl, Verehrteste« hieß, und Klaus hob sie hoch und hängte sie ans Ende des Seils, so dass sie sich auf den langen, finsteren Weg zurück in die Wohnung der Elends machen konnte. Klaus kletterte gleich hinterher, während Violet ihren Freunden noch einmal die Hand drückte.

»Wir kommen so schnell wie möglich zurück«, versprach sie. »Macht euch keine Sorgen, ihr zwei. In null Komma nichts seid ihr außer Gefahr.«

»Für den Fall, dass irgendetwas schief geht«, sagte Duncan und schlug eine Seite in seinem Notizbuch auf, »so wie beim letzten Mal, sollte ich dir noch sagen, dass –«

Violet legte ihm einen Finger auf den Mund. »Pscht«, machte sie. »Dieses Mal geht nichts schief. Ich schwöre es.«

»Aber falls doch«, sagte Duncan, »dann solltest du vor der Auktion wissen, was dieses F.F. bedeutet.«

»Jetzt nicht«, sagte Violet. »Wir haben wirklich keine Zeit. Du kannst mir in Ruhe davon erzählen, wenn wir alle wieder in Sicherheit sind.« Die Älteste der Baudelaires griff nach dem Ende des Verlängerungskabels und folgte ihren Geschwistern. »Bis bald«, rief sie den Quagmeirs noch zu, die schon bald wieder im Dunkeln verschwanden, kaum dass Violet anfing zu klettern. »Bis bald«, rief sie noch einmal, als sie die beiden völlig aus den Augen verlor.

Der Weg zurück durch den geheimen Schacht war zwar viel anstrengender als der Hinweg, aber gleichzeitig auch weniger angsteinflößend, weil die Kinder wussten, was sie am anderen Ende ihrer Seilattrappe finden würden. Auf dem Weg nach unten hatten die Baudelaires keine Ahnung gehabt, was sie am Grunde dieses finsteren Höhlengangs erwarten würde, aber jetzt wussten Violet, Klaus und Sunny, was oben sein würde: nämlich alle einundsiebzig Schlafzimmer des Penthauses. Und diese Schlafzimmer – ebenso wie die Wohnzimmer, Esszimmer, Trinkzimmer, Frühstückszimmer, Imbisszimmer, Salons, Ballsäle, Bäder, Küchen und die vielen anderen Räume, die keine erkennbare Funktion hatten – würden ihnen jetzt dabei helfen, die Quagmeirs zu befreien.

»Hört zu«, sagte Violet zu ihren Geschwistern, nachdem sie ein paar Minuten lang geklettert waren, »wenn wir oben ankommen, dann möchte ich, dass ihr beide das Penthaus durchsucht.«

»Was?!«, fragte Klaus und spähte zu seiner Schwester hinunter. »Wir haben es doch erst gestern abgesucht, weißt du das nicht mehr?«

»Ihr sollt es ja nicht nach Gunther absuchen«, entgegnete Violet. »Ich möchte, dass ihr nach langen, schmalen Gegenständen aus Metall sucht.«

»Agula?«, fragte Sunny und das hieß: »Wozu das denn?«

»Die einfachste Methode, die Quagmeirs aus dem Käfig zu bekommen, dürfte Schweißen sein«, sagte Violet. »Schweißen bedeutet, dass man etwas sehr Heißes benutzt, um Metall zu schmelzen. Wenn wir ein paar der Käfigstangen weich machen, dann können wir sie aufbiegen und Duncan und Isidora können herauskommen.«

»Das ist eine gute Idee« stimmte Klaus ihr zu. »Ich

dachte nur, um schweißen zu können, braucht man lauter komplizierte Geräte.«

»Eigentlich schon«, sagte Violet. »Unter normalen Umständen würde ich einen Schneidbrenner nehmen, das ist ein Gerät, das mit Hilfe einer kleinen Flamme Metall zum Schmelzen bringt. Aber die Elends werden so etwas nicht haben – Schneidbrenner sind Werkzeuge und Werkzeuge sind out. Also muss ich etwas anderes entwickeln. Wenn ihr irgendwelche langen, schmalen Gegenstände aus Eisen gefunden habt, dann kommt in die Küche, die am nächsten beim Ausgang ist. Ich warte da.«

»Selrep«, sagte Sunny, was so viel hieß wie: »Das ist doch die mit dem knallblauen Ofen, oder?«

»Stimmt«, antwortete Violet. »Und in diesem knallblauen Ofen werde ich die eisernen Gegenstände so heiß machen, wie es überhaupt nur geht. Wenn sie glühend heiß sind, dann nehmen wir sie mit runter zum Käfig und schmelzen damit die Eisenstangen.«

»Aber ob sie heiß genug bleiben, bis wir unten sind?«, fragte Klaus.

»Wehe, wenn nicht«, antwortete Violet grimmig. »Das ist unsere einzige Hoffnung.«

Wenn man den Ausdruck »unsere einzige Hoffnung« hört, dann regt man sich automatisch auf, denn das bedeutet, dass es keine mehr gibt, wenn dieser Versuch scheitert, und daran denkt niemand gern, auch wenn es noch so wahr ist. Alle drei Baudelaires waren aufgeregt bei dem Gedanken, dass Violets Erfindung ihre einzige Hoffnung war, dass sie die Quagmeirs nur auf diese Weise befreien konnten, und so waren sie auf dem weiteren Weg nach oben ganz still. Sie mochten nicht darüber nachdenken, was Duncan und Isidora geschehen konnte, wenn sich diese Hoffnung zerschlagen sollte. Endlich sahen sie das matte Licht, das durch die geöffneten Schiebetüren drang, und bald darauf standen sie wieder vor dem Eingang zum Penthaus.

»Denkt dran«, sagte Violet, »lange, schmale Gegenstände aus Eisen. Bronze oder Silber oder Gold geht nicht, weil diese Metalle im Ofen schmelzen. Wir treffen uns dann gleich in der Küche.«

Die beiden jüngeren Baudelaires nickten ernst und folgten dann zwei Brotkrumenspuren, die in entgegengesetzte Richtungen führten, während Violet selbst auf direktem Wege in die Küche mit dem knallblauen Ofen ging und sich unsicher umsah. Kochen war noch nie ihre starke Seite gewesen, das Einzige, was sie in der Küche hinbekam, war Toast, und selbst den verbrannte sie manchmal. Deshalb machte sie der Gedanke ziemlich nervös, den Ofen zu benutzen ohne einen Erwachsenen, der aufpasste. Aber dann dachte sie an all die Dinge, die sie in letzter Zeit ohne erwachsene Aufpasser gemacht hatte – Brotkrümel verstreuen, Apfelgelee essen, an einer Seilattrappe aus Verlängerungskabeln, Gardinenkordeln und Krawatten in einen Fahrstuhlschacht klettern – und fasste sich ein Herz. Sie drehte den knallblauen Temperaturwähler bis zur höchsten Stufe – 250 Grad – und fing dann an, während der Backofen sich langsam erwärmte, ganz leise in allen Schubladen in der Küche nach dicken Ofenhandschuhen zu suchen. Ofenhandschuhe sind, wie du sicher weißt, sozusagen Ersatzhände, mit denen du Dinge anfassen kannst, an denen du dir sonst die Finger verbrennen würdest. Als ihre Geschwister in die Küche kamen, hatte Violet soeben in der neunten Schublade drei Handschuhe entdeckt, auf denen in eleganter Schnörkelschrift der Name der In-Boutique geschrieben stand.

»Volltreffer!«, flüsterte Klaus und Sunny nickte zustimmend. Die beiden jüngeren Baudelaires hatten zwar nicht Fußball gespielt, aber sie hatten trotzdem absolut Recht. »Offene Kamine müssen mal in gewesen sein«, vermutete Klaus und hielt drei lange, schlanke Feuerzangen hoch. »Sunny konnte sich erinnern, dass es in dem Wohnzimmer zwischen dem Ballsaal mit den grünen Tapeten und dem Bad mit dem seltsamen Waschbecken ein Wohnzimmer mit sechs Kaminen gibt. Und wo Kamine sind, da gibt es auch Feuerzangen, mit denen man die Holzscheite wendet, damit das Feuer gut brennt. Ich hab mir gedacht, wenn man sie in den Kamin halten kann, dann überstehen sie auch einen heißen Ofen.«

»Das war wirklich ein Volltreffer«, sagte Violet. »Feuerzangen sind ideal. Pass auf, Klaus, wenn ich jetzt den Ofen aufmache, dann legst du die Dinger rein. Sunny, geh vom Ofen weg. Kleinkinder sollten sich nicht in der Nähe von heißen Öfen aufhalten.«

»Prawottel«, sagte Sunny. Damit wollte sie mehr oder weniger sagen: »Große Kinder auch nicht, schon gar nicht, wenn kein Erwachsener dabei ist«, aber sie wusste auch, dass es sich um einen Notfall handelte, und krabbelte deshalb schnell ans andere Ende der Küche, von wo aus sie gefahrlos zuschauen konnte, wie Klaus die langen, schmalen Feuerzangen in den heißen Backofen legte.

Wie die meisten Öfen war auch der knallblaue Backofen der Elends eher für Kuchen oder Aufläufe gedacht als für Feuerzangen, und mit den langen Eisenteilen darin ließ sich die Tür nicht mehr schließen. Während also die Baudelaires darauf warteten, dass die Feuerzangen sich in Schneidbrenner verwandelten, entwich ein Teil der heißen Luft aus dem Backofen und die Küche heizte sich auf. Als Klaus nachfragte, ob die Brenner nicht langsam fertig seien, fühlte die Küche sich bereits an, als wäre sie selbst ein Backofen und nicht nur ein Raum mit einem Backofen.

»Noch nicht«, antwortete Violet, die vorsichtig durch den Spalt in den Ofen spähte. »Die Spitzen werden gerade gelb. Sie müssen aber weiß glühend werden, das dauert noch ein paar Minuten.«

»Ich bin nervös«, sagte Klaus und verbesserte sich dann. »Ich wollte sagen, ich bin aufgeregt. Es gefällt mir nicht, die Quagmeirs so lange da unten allein zu lassen.«

»Ich bin auch aufgeregt«, sagte Violet, »aber im Moment bleibt uns nichts anderes übrig, als zu warten. Wenn wir die Eisen jetzt aus dem Ofen holen, dann nutzen sie uns nichts mehr, bis wir endlich wieder unten ankommen.«

Klaus und Sunny seufzten, nickten aber und warteten weiter ergeben, dass die Schneidbrenner fertig würden, und während sie warteten, kam es ihnen so vor, als würde sich die Küche vor ihren Augen verwandeln. Als die Baudelaires das Penthaus nach Gunther durchsucht hatten, da hatten sie ihre Brotkrumen in etlichen Schlaf-, Wohn-, Ess-, Trink-, und Imbisszimmern hinterlassen sowie in diversen Salons, Bädern, Küchen und einer Reihe anderer Räume ohne erkennbare Funktion. Die einzige Art Zimmer, die im Penthaus von Jerome und Esmé völlig fehlte, war ein Warteraum. Wartezimmer sind, wie du sicher weißt, kleine Räume mit vielen Stühlen, Stapeln uralter langweiliger Zeitschriften und trivialen Bildern (trivial heißt hier: meistens Pferde auf einer Wiese oder Welpen in einem Körbchen darstellend), in denen man die Langeweile ertragen muss, die Ärzte ihren Patienten zumuten, bevor sie sie hereinbitten, um sie zu stechen, zu stoßen und all die anderen gemeinen Dinge mit ihnen zu machen, für die solche Leute bezahlt werden. Es kommt höchst selten vor, dass jemand in seinem Privathaus ein Wartezimmer hat, zum einen, weil es selbst in so riesigen Wohnungen wie in der der Elends fast nie eine Arztpraxis gibt, zum anderen, weil Wartezimmer so langweilig sind, dass man da, wo man wohnt, nun wirklich keins haben möchte. Auch die Baudelaires hätten sich bestimmt nicht gewünscht, dass es im Penthaus ein Wartezimmer gäbe, aber während sie so dasaßen und darauf warteten, dass Violets Erfindung fertig würde, da kam es ihnen so vor, als seien Wartezimmer plötzlich in und Esmé hätte mitten in dieser Küche eins einbauen lassen. Zwar waren auf den Küchenschränken weder Pferde auf Wiesen noch Welpen in Körbchen abgebildet und auf dem knallblauen Backofen waren auch keine langweiligen Artikel abgedruckt, doch während die drei Kinder darauf warteten, dass ihre eisernen Gegenstände sich mit zunehmender Hitze erst gelb, dann orange und schließlich rot verfärbten, da spürten sie dieselbe Nervosität wie vor dem Besuch bei einem Arzt.

Doch schließlich waren die Zangen weiß glühend und reif für ihr Zusammentreffen mit den dicken Eisenstäben des Käfigs. Violet reichte jedem ihrer Geschwister einen Ofenhandschuh und zog dann selbst den dritten an, bevor sie nacheinander vorsichtig die Zangen aus dem Ofen nahm. »Ihr müsst sie ganz, ganz vorsichtig halten«, sagte sie. »Sie sind heiß genug, um Metall zu schmelzen. Da könnt ihr euch vorstellen, was passieren würde, wenn einer von uns damit in Berührung kommt. Aber ich bin sicher, wir schaffen das schon.«

»Dieses Mal wird's schwieriger hinunterzurutschen«, sagte Klaus, als er seinen Schwestern zum Ausgang folgte. Er hielt seine Feuerzange hoch in der Hand, so als wäre sie eine Fackel und kein Schneidbrenner. Die weiß glühenden Spitzen behielt er die ganze Zeit im Auge, um nichts und niemanden damit zu berühren. »Wir haben nur eine Hand frei für das Seil, weil wir die andere für die Zange brauchen. Aber ich bin sicher, wir schaffen das schon.«

»Celestin«, sagte Sunny, als die Kinder vor der Tür der Aufzugattrappe standen. Das hieß: »Es wird schrecklich sein, noch mal in dieses gruselige Loch hinunterzuklettern«, aber nachdem sie Celestin gesagt hatte, sagte sie noch »Enipi« und das hieß: »Aber ich bin sicher, wir schaffen das schon.« Und das meinte die Jüngste der Baudelaires genauso ernst wie ihre Geschwister. Die drei standen am Rande des finsteren Schachts, aber anders als vor ihrem ersten Abstieg in den klaffenden Abgrund ließen sie sich dieses Mal keine Zeit, um sich erst ein Herz zu fassen. Die Schneidbrenner waren heiß, wie Violet gesagt hatte, und das Klettern würde schwierig sein, wie Klaus gesagt hatte, und der erneute Abstieg in die Tiefe würde schrecklich sein, wie Sunny gesagt hatte, aber die Geschwister sahen einander an und wussten, sie würden es schaffen. Die Quagmire-Drillinge verließen sich auf sie, und die Baudelaire-Waisen waren sicher, dass ihre einzige Hoffnung sich nicht zerschlagen würde.

Neuntes Kapitel

Einer der größten Mythen überhaupt – Mythen ist nur ein vornehmer Ausdruck für »dicke, fette Lügen« – ist die Behauptung, unangenehme Dinge würden weniger unangenehm, je öfter sie sich wiederholten. Zum Beispiel müssen Kinder sich das immer anhören, wenn sie Rad fahren lernen, so als ob es beim vierzehnten Mal weniger schlimm wäre, vom Rad zu fallen und sich die Knie aufzuschlagen, als beim ersten Mal. In Wirklichkeit bleiben unangenehme Dinge immer gleich unangenehm, ganz egal, wie oft sie sich wiederholen, und du solltest einfach versuchen, sie ganz zu umgehen, es sei denn, sie lassen sich überhaupt nicht vermeiden.

So wie es sich leider überhaupt nicht vermeiden ließ, dass die Baudelaire-Waisen von neuem den dreistündigen Abstieg in die schreckliche Dunkelheit des Fahrstuhlschachts wagten. Die Kinder wussten, dass die Quagmeir-Drillinge in akuter Gefahr waren und dass Violets Erfindung die einzige Möglichkeit darstellte, ihre Freunde zu befreien, bevor Gunther sie in einem der Auktionsstücke versteckte und aus der Stadt schmuggelte. Doch so Leid es mir tut – auch wenn den Kindern klar war, wie absolut unvermeidlich dieser Abstieg war, so war er darum doch um keinen Deut weniger unangenehm. Der Schacht war noch immer so schwarz wie eine Tafel Herrenschokolade, die jemand in dicke schwarze Decken gewickelt und in ein Planetarium gelegt hat, trotz der weiß glühenden Spitzen der Feuerzangen. Und sich dort hinunterzulassen, fühlte sich auch dieses Mal an wie der Abstieg in das hungrige Maul eines Furcht erregenden Wesens. Mit einer Hand ließen die drei Geschwister sich an ihrer Seilattrappe hinunter, während sie mit der anderen die Schneidbrenner hielten, und nur das matte *Kling* des letzten Verlängerungskabels gab ihnen eine ungefähre Ahnung davon, wie weit sie etwa waren. Auch dieses Mal war ihr Weg nach unten in den winzigen, verdreckten Raum, in dem die Drillinge gefangen waren, nicht mal ein Siebenundzwanzigstel okay.

Doch die grauenvolle Erfahrung des unangenehmen Abstiegs war nichts im Vergleich mit der finsteren Überraschung, die sie am Boden des Schachts erwartete. So grauenvoll war diese Überraschung, dass die drei Kinder sich einfach weigerten zu glauben, was sie sahen. Violet erreichte das Ende des Verlängerungskabels und dachte, sie habe eine Halluzination. Klaus stand da, sah den Käfig an und glaubte, er sei ein Phantasma. Und Sunny spähte zwischen den Stäben hindurch und betete, es möge sich um eine Kombination aus beidem handeln. Die Kinder starrten den kleinen, schmutzigen Raum an, starrten den Käfig an, und doch brauchten sie mehrere Minuten, bevor sie begriffen, dass die Quagmeirs nicht mehr da waren.

»Sie sind weg!«, sagte Violet, »sie sind weg und es ist alles meine Schuld.« Sie schmiss ihren Schneidbrenner in eine Ecke, wo er zischend auf dem kalten Boden landete. Sie drehte sich zu ihren Geschwistern um, und die beiden sahen im weißen Licht der Zangen, dass ihre große Schwester zu weinen anfing.

»Ich wollte sie mit meiner Erfindung retten«, sagte sie klagend, »und jetzt hat Gunther sie uns weggeschnappt. Ich tauge nichts als Erfinderin und als Freundin auch nicht.«

Klaus warf seinen Schneidbrenner ebenfalls in die Ecke und nahm seine Schwester in den Arm. »Du bist die beste Erfinderin, die ich kenne«, sagte er, »und deine Erfindung war toll. Hör doch nur, wie die Dinger jetzt noch zischen! Die Zeit war einfach nicht reif für deine Erfindung, das ist alles.«

»Was soll das denn heißen?«, fragte Violet jämmerlich.

Sunny warf den letzten der drei Schneidbrenner in

die Ecke und zog ihren Ofenhandschuh aus, damit sie ihrer Schwester liebevoll den Knöchel tätscheln konnte. »Nok, nok«, sagte sie und das hieß: »Na! Na!«

»Das heißt«, erklärte Klaus, »dass du etwas erfunden hast, was uns in einem bestimmten Moment gerade nicht nützte. Es ist ja nicht deine Schuld, dass wir sie nicht befreien konnten – daran ist ganz allein Gunther schuld.«

»Ich weiß schon«, sagte Violet und wischte sich über die Augen. »Ich bin bloß traurig, dass die Zeit einfach nicht reif war für meine Erfindung. Wer weiß, ob wir unsere Freunde je wiedersehen werden!«

»Ganz bestimmt«, sagte Klaus. »Dass die Zeit nicht reif war für deinen Erfindergeist, heißt ja nicht, dass sie nicht reif ist für mein Forschertalent.«

»Uni«, sagte Sunny traurig, womit sie sagen wollte: »Alle Forschung der Welt kann Duncan und Isidora jetzt nicht mehr helfen.«

»Da täuschst du dich, Sunny«, entgegnete Klaus. »Gunther hat sie offenbar verschleppt, aber wir wissen, wohin, nämlich in die Veblen-Halle. Er will sie in einem der Gegenstände verstecken, die bei der Auktion versteigert werden sollen, wisst ihr das nicht mehr?«

»Doch«, sagte Violet, »aber in welchem?«

»Wenn wir wieder hochklettern«, antwortete Klaus,

»und in die Bibliothek gehen, dann können wir es vielleicht herausfinden.«
»Ginnis«, wandte Sunny ein. »Jerome und Esmé haben doch bloß so alberne Bücher, in denen steht, was in ist und was out.«
»Du vergisst den letzten Neuzugang«, erinnerte sie Klaus. »Esmé hat uns doch gesagt, dass Gunther ein Exemplar des Auktionskatalogs dagelassen hat, stimmt's? Wo immer er die Quagmeirs auch verstecken will – es muss im Katalog stehen. Wenn wir rausfinden, welcher Gegenstand es ist –«
»– können wir sie da rausholen, bevor er sie versteigert«, beendete Violet seinen Satz. »Das ist eine geniale Idee, Klaus!«
»Nicht weniger genial als deine Erfindung der Schneidbrenner«, winkte Klaus ab. »Ich hoffe nur, dass die Zeit dieses Mal reif ist.«
»Ich auch«, sagte Violet. »Schließlich ist es unsere einzige –«
»Winang«, sagte Sunny schnell und das hieß: »Sag's nicht.« Ihre Schwester nickte zustimmend. Wenn sie jetzt wieder sagte, der Plan sei ihre einzige Hoffnung, dann würden sie sich nur wieder aufregen, also hängten sich die Baudelaires wieder an ihr provisorisches Seil und machten sich daran, hinaufzuklettern zum Penthaus der Elends. Von neuem wurde es schwarz um sie herum, und langsam hatten

die Kinder das Gefühl, sie hätten ihr ganzes Leben in diesem finsteren Schacht verbracht und nicht an ganz unterschiedlichen Orten, zum Beispiel in einer Sägemühle in Jammerau, in einer Höhle am Ufer des Seufzersees oder in der Villa der Baudelaires, deren verkohlte Überreste sich nur wenige Ecken weiter befanden. Aber anstatt an all diese dunklen Orte ihrer Vergangenheit zu denken oder an den allerdunkelsten von allen, nämlich den Schacht, in dem sie sich gerade befanden, versuchten die drei Geschwister, sich ganz fest die helleren Orte ihrer Zukunft vorzustellen. Sie dachten an das Penthaus, dem sie immer näher kamen. Sie dachten an die Bibliothek von Jerome und Esmé, die vielleicht die Information enthielt, die sie brauchten, um Gunthers Plan zu durchkreuzen. Und sie dachten an eine glorreiche Zeit, die bestimmt irgendwann kommen würde, in der die Baudelaires und die Quagmeirs ihre Freundschaft richtig genießen könnten, ohne den gespenstischen Schatten aus Gier und Gemeinheit, der jetzt noch auf ihnen lastete. Die Baudelaires bemühten sich, ganz fest an diese hellen Bilder zu denken, während sie im finsteren Fahrstuhlschacht nach oben kletterten, und als sie die automatischen Schiebetüren erreichten, kam es ihnen so vor, als sei diese glorreiche Zeit vielleicht gar nicht so weit entfernt.

»Es muss bald Morgen sein«, sagte Violet, als sie

Sunny half, sich vom Schacht in den Flur zu schwingen. »Wir sollten unser Seil lieber vom Türknauf abmachen, sonst merken die Elends noch, was wir getrieben haben.«
»Sollen sie doch!«, meinte Klaus. »Vielleicht glauben sie uns dann, wer Gunther ist.«
»Keiner glaubt uns, wer Gunther ist oder einer von den anderen, als die Graf Olaf sich verkleidet hat«, sagte Violet, »solange wir keine Beweise haben. Alles, was wir jetzt haben, ist eine Aufzugattrappe, ein leerer Käfig und drei Feuerzangen, die langsam kälter werden. Das beweist überhaupt nichts.«
»Vermutlich hast du Recht«, sagte Klaus. »Also gut, dann macht ihr den Knoten ab und ich gehe schon mal in die Bibliothek und nehme mir den Katalog vor.«
»Gut«, sagte Violet.
»Rohop«, sagte Sunny und das hieß: »Viel Glück!«
Leise öffnete Klaus die Tür zum Penthaus und ging hinein, während seine Schwestern das Seil hochzogen. Das Ende des letzten Verlängerungskabels schlug immer wieder gegen die Schachtwände. Sunny wickelte das Seil auf, bis es ein dickes Knäuel aus Verlängerungskabeln, Gardinenkordeln und todschicken Krawatten war. Violet löste den Doppelknoten vom Türknauf und drehte sich dann zu ihrer Schwester um.

»Am besten, wir verstecken es unter meinem Bett«, sagte sie. »Vielleicht brauchen wir es später noch mal. Auf dem Weg zur Bibliothek kommen wir sowieso da vorbei.«

»Jalrel«, erinnerte sie Sunny. Das hieß: »Wir sollten aber die Aufzugtüren schließen, damit die Elends nicht darauf kommen, dass wir im Schacht waren.«

»Gut gedacht!«, sagte Violet und drückte auf den Knopf. Die Türen schlossen sich wieder, und nachdem sie sich noch einmal gut umgeschaut hatten, ob auch nichts liegen geblieben war, gingen auch die beiden Schwestern Baudelaire ins Penthaus und folgten der Krümelspur. Zuerst ging es vorbei an einem Frühstückszimmer, dann durch einen Korridor und quer durch ein Trinkzimmer und schließlich durch einen zweiten Korridor, bis sie in Violets Zimmer angelangt waren, wo sie das Seil unterm Bett verstauten. Gerade wollten sie sich auf den Weg in die Bibliothek machen, als Sunny einen Zettel bemerkte, der auf Violets kuschelweichem Kissen lag.

»Liebe Violet«, las Violet, »ich konnte dich oder deine Geschwister heute Morgen nicht finden, als ich mich verabschieden wollte. Ich musste schon früh los, um vor der Auktion gelbe Büroklammern zu kaufen. Esmé nimmt euch mit zur Veblen-Halle, und zwar um Punkt halb elf. Seid bitte rechtzeitig fertig, damit sie sich nicht aufregt. Bis dann. Mit herzlichem Gruß – Jerome Elend.«

»Jaiks!«, rief Sunny und zeigte auf die erstbeste der 612 Uhren der Elends.

»Das kann man wohl sagen«, antwortete Violet. »Es ist schon zehn. Wir haben viel länger für diese ganze Kletterei gebraucht, als ich gedacht hatte.«

»Nist«, sagte Sunny, was bedeuten sollte: »Ganz zu schweigen von der Herstellung der Schneidbrenner.«

»Lass uns sofort in die Bibliothek gehen«, sagte Violet. »Vielleicht können wir Klaus helfen, damit die Suche etwas schneller geht.«

Sunny nickte und die beiden Schwestern liefen zur Bibliothek. Seit Jerome sie ihnen am ersten Tag gezeigt hatte, waren die beiden Mädchen kaum einmal darin gewesen, und es sah so aus, als sei sie auch sonst selten benutzt worden. Eine gute Bibliothek ist nie extrem aufgeräumt, aber auch nie extrem eingestaubt, weil sich immer irgendjemand darin aufhält, der Bücher aus den Regalen nimmt und bis spät in die Nacht darin liest. Selbst Bibliotheken, die nicht unbedingt dem Geschmack der Baudelaires entsprachen, wie die von Tante Josephine, in der es nur Grammatiken gab, waren Orte, an denen man sich gern aufhielt, weil sie von ihren Eigentümern oft benutzt wurden. Aber die Bibliothek der Elends war extrem aufgeräumt und extrem eingestaubt. All die langweiligen Bücher über das, was in war oder out, standen akkurat aufgereiht da, und eine dicke Staubschicht verriet, dass niemand sie je gestört hatte. Es machte die Baudelaire-Schwestern ein bisschen traurig, all diese Bücher zu sehen, die unbemerkt und ungelesen in einer Bibliothek herumstanden, wie streunende Hunde kamen sie ihnen vor oder wie verloren gegangene Kinder, die niemand mit zu sich nach Hause nehmen wollte. Das einzig Lebendige in diesem Raum war ihr Bruder, der so in den Katalog vertieft war, dass er erst aufschaute, als seine Schwestern neben ihm standen.

»Ich stör dich ungern beim Forschen«, sagte Violet, »aber ich hatte eine Nachricht von Jerome auf meinem Kissen. Esmé will uns um Punkt halb elf zur Veblen-Halle mitnehmen und jetzt ist es schon kurz nach zehn. Können wir dir irgendwie helfen?«

»Ich wüsste nicht, wie«, antwortete Klaus. »Es gibt nur dieses eine Exemplar und es ist alles ziemlich kompliziert. Jeder Gegenstand wird als eine Position bezeichnet und zu jeder Position gibt es eine Beschreibung und ein geschätztes Mindestgebot. Ich bin bis Nummer 49 gekommen, das ist ein wertvoller Poststempel.«

»Also, in einem Poststempel kann Gunther die

Quagmeirs schon mal nicht verstecken. Den kannst du gleich überspringen.«

»Ich hab schon viele Positionen übersprungen«, sagte Klaus, »aber ich habe noch immer keine Ahnung, wo die Drillinge stecken könnten. Position 14 ist ein gewaltiger Globus – könnte das das Versteck sein? Oder Nummer 25 – ein wertvoller, seltener Flügel? Könnten sie in Position 48 versteckt sein – in einer riesigen scharlachroten Statue, die einen Fisch darstellt?« Klaus hielt kurz inne und schlug die Seite um. »Oder in Nummer 50, einem – einem …«

Klaus atmete hörbar ein, aber seine Schwestern wussten gleich, dass das nicht die Beschreibung von Position 50 war. Klaus' heftiges Luftholen konnte nur etwas anderes bedeuten, nämlich dass er etwas Bemerkenswertes entdeckt hatte. Sie beugten sich vor, um ihm beim Lesen über die Schulter zu schauen.

»Ich fasse es nicht«, sagte Violet. »Ich kann es einfach nicht glauben.«

»Tuumsk«, sagte Sunny, was so viel bedeutete wie: »Da sind die Quagmeirs drin, ganz bestimmt.«

»Ganz deiner Meinung, Sunny«, sagte Klaus, »auch wenn es für diese Position keine Beschreibung gibt. Nicht einmal eine Erklärung gibt es, was die Abkürzung bedeuten soll.«

»Das werden wir gleich wissen«, sagte Violet. »Weil

wir nämlich jetzt sofort zu Esmé gehen und ihr berichten, was hier vorgeht. Dann wird sie uns endlich glauben, wer Gunther ist, und dann befreien wir die Quagmeirs aus Position 50, bevor er sie aus der Stadt verschleppt. Klaus, du hast Recht gehabt – die Zeit war reif für dein Forschertalent.«

»Sieht ganz so aus«, sagte Klaus. »Was haben wir bloß für einen Dusel! Wahnsinn!«

Die Baudelaires warfen einen letzten Blick in den Katalog, um ganz sicherzugehen, dass es sich weder um eine Halluzination noch um ein Phantasma handelte. Sie hatten sich nicht getäuscht. Vor ihren Augen, direkt unter der Überschrift *Position 50,* standen in gestochen scharfer Schrift zwei Buchstaben und zwei Satzzeichen, die zusammen die Lösung zum Problem der Baudelaires zu enthalten schienen. Die Kinder schauten sich an und ein Lächeln ging über ihre Gesichter. Die Baudelaire-Waisen konnten ihr Glück kaum fassen. Sie mochten kaum glauben, dass diese zwei Buchstaben ihnen das Versteck der Quagmeirs verraten sollten, eben so klar und deutlich, wie sie da vor ihnen auf dem Papier standen: F.F.

Zehntes Kapitel

»… einer der Gegenstände im Katalog hat die Bezeichnung F.F., und genau so hieß auch das Geheimnis, das die Quagmeirs uns verraten wollten, als sie entführt wurden«, sagte Klaus abschließend.

»Das ist ja furchtbar«, sagte Esmé und nippte an ihrem Glas. Sie hatte darauf bestanden, sich erst eine Petersiliensoda einzugießen, bevor die Baudelaires ihr erzählen konnten, was sie entdeckt hatten. Dann hatte sie noch darauf bestanden, sich in ihrem liebsten Wohnzimmer auf ihr todschickstes Sofa zu setzen, während die drei Kinder sich im Halbkreis um sie herum auf drei todschicke Stühle setzen mussten, bevor sie ihr endlich von Gunthers wahrer Identität berichten konnten, dem Geheimgang hinter den Fahrstuhltüren, dem Plan, die Quagmeirs aus der Stadt herauszuschmuggeln, und dem überraschenden Auftauchen zweier geheimnisvoller Buchstaben als Bezeichnung für Position 50. Die drei Geschwister waren froh, dass ihr Vormund ihre Erkenntnisse nicht einfach als Einbildung abgetan hatte oder mit ihnen über Gunther oder die Quagmeirs zu streiten begonnen hatte, sondern einfach still und ruhig zugehört hatte. So still und ruhig, dass es schon wieder irritierend war, was hier so viel heißen soll wie »eine Warnung, die die Baudelaires nicht beachteten«.

»Das ist ja das Umwerfendste, das ich je gehört habe«, sagte Esmé und nippte an ihrem Drink. »Also noch mal: Gunther ist tatsächlich Graf Olaf in einer neuen Verkleidung – habe ich das richtig verstanden?«

»Genau«, sagte Violet. »Unter den Stiefeln versteckt er seine Tätowierung, und das Monokel ist dazu da, dass man die fehlende Augenbraue nicht bemerkt.«

»Und die Quagmeirs hat er in einem Käfig auf dem Boden meines Fahrstuhlschachts versteckt«, sagte Esmé und stellte ihr Glas auf einem Tischchen ab.

»Ja«, sagte Klaus. »Hinter der zweiten Tür gibt es gar keinen Aufzug. Irgendwie hat Gunther ihn entfernt, damit er den Schacht als Geheimgang benutzen konnte.«

»Und jetzt hat er die Quagmeirs aus dem Käfig geholt«, fuhr Esmé fort, »und will sie aus der Stadt schmuggeln, indem er sie in Position 50 meiner In-Auktion versteckt.«

»Kaxret«, sagte Sunny und das hieß: »Du hast es gerafft, Esmé.«

»Wirklich höchst kompliziert«, sagte Esmé. »Erstaunlich, dass ihr Kinder dahinter kommen konntet.

Aber was für ein Glück auch!« Sie schwieg einen Moment und wischte ein Staubkörnchen von einem ihrer Fingernägel. »Jetzt können wir nur eins tun: Wir fahren so schnell wie möglich zur Veblen-Halle und sorgen dafür, dass dieser schreckliche Plan nicht ausgeführt werden kann. Wir sorgen dafür, dass Gunther verhaftet wird und die Quagmeirs freikommen. Wir müssen sofort los.«

Esmé erhob sich und winkte die Kinder mit einem matten Lächeln zu sich. Sie folgten ihr aus dem Wohnzimmer und an zwölf Küchen vorbei zur Wohnungstür. Unterwegs tauschten sie verblüffte Blicke aus. Ihr Vormund hatte natürlich Recht damit, dass sie sofort zur Veblen-Halle fahren und Gunther und sein Betrugsmanöver entlarven mussten, aber trotzdem fanden sie es merkwürdig, wie gelassen die sechstwichtigste Finanzberaterin der Stadt das ausgesprochen hatte. Die Kinder selbst waren so aufgeregt wegen der Quagmeirs, dass sie das Gefühl hatten, gleich aus der Haut fahren zu müssen, doch Esmé ging mit den Kindern aus dem Penthaus, als würde sie mit ihnen in den nächsten Supermarkt gehen, um eine Tüte Vollkornweizenmehl zu kaufen. Dass sie stattdessen auf schnellstem Wege zur Auktion wollte, um ein grauenvolles Verbrechen zu verhindern, merkte man ihr absolut nicht an. Als sie die Tür ihrer Wohnung hinter sich schloss und die Kinder noch einmal anlächelte, konnten die drei nicht die Spur von Aufregung auf ihrem Gesicht sehen, und das war schon irritierend.

»Klaus und ich tragen dich abwechselnd, Sunny«, sagte Violet und hob ihre Schwester hoch. »Dann musst du nicht die vielen Treppen runterkrabbeln.«

»Oh, wir müssen nicht die Treppe nehmen«, sagte Esmé.

»Stimmt«, meinte Klaus, »es geht viel schneller, wenn wir das Geländer runterrutschen.«

Esmé legte einen Arm um die Kinder und führte sie von der Wohnungstür weg. Einerseits war es schön, dass von Esmé eine zärtliche Geste kam, aber andererseits war ihr Griff so eisern, dass sie sich kaum bewegen konnten, und das war auch wieder irritierend. »Wir müssen auch nicht das Geländer runterrutschen«, sagte sie.

»Aber wie sollen wir dann nach unten kommen?«, fragte Violet. Esmé streckte ihren anderen Arm aus und drückte mit einem ihrer langen Fingernägel auf den Knopf neben einem der Aufzüge, den mit dem Pfeil nach oben. Das war nun das Irritierendste überhaupt, aber jetzt war es leider zu spät. »Wir nehmen den Aufzug«, sagte Esmé, als die Tür sich öffnete, und mit einem letzten Lächeln schob sie die Kinder mit ihrem Arm nach vorn und stieß sie in die Finsternis des Fahrstuhlschachts.

Manchmal genügen Worte einfach nicht. Es gibt Empfindungen, die so entsetzlich sind, dass ich sie weder in Sätzen noch in Abschnitten noch in einer ganzen Buchreihe beschreiben kann. Und das Entsetzen, das die Baudelaire-Waisen empfanden, nachdem Esmé sie in den Fahrstuhlschacht gestoßen hatte, war so unbeschreiblich groß, dass es nur durch zwei schwarze Seiten darzustellen ist. Für das abgrundtiefe Grauen, das die Kinder fühlten, als sie in die Dunkelheit stürzten, fehlen mir einfach die Worte. Kein Satz fällt mir ein, der dir deutlich machen könnte, wie laut sie schrien und wie eisig der Wind an ihnen vorbeipfiff, und wie sollte ich einen Abschnitt zu Papier bringen, der dir helfen könnte, die Angst der Baudelaires zu empfinden, als sie ihrem sicheren Verderben entgegenstürzten?

Eins aber kann ich tun: Ich kann dir sagen, dass sie nicht ums Leben kamen. Nicht ein Haar wurde ihnen gekrümmt, als ihr Sturz durch die Tiefe schließlich endete. Sie überlebten den Fall durch den Fahrstuhlschacht aus dem einzigen Grund, dass sie nie am Boden aufkamen. Etwas bremste ihren Fall, womit ich sagen will, dass der Sturz der Baudelaires auf halbem Wege zwischen den automatischen Schiebetüren des Aufzugs und dem Metallkäfig, in dem die Quagmeirs eingesperrt waren, endete. Etwas bremste ihren Fall, ohne sie zu verletzen. Zwar glaubten sie zunächst, es müsse sich um ein Wunder handeln, als sie begriffen, dass sie lebten und nicht mehr fielen. Doch sobald sie die Hände ausstreckten, wurde ihnen klar, dass es sich mehr wie ein Netz anfühlte. Während die Baudelaires den Auktionskatalog lasen und Esmé von ihren Erkenntnissen berichteten, hatte irgendwer ein Netz quer über den ganzen Schacht gespannt, und dieses Netz hatte verhindert, dass die Kinder in ihr Verderben stürzten. Weit, weit über ihnen war das Penthaus der Elends, und weit, weit unter ihnen der Käfig in dem winzigen, verdreckten Raum, von dem ein Gang abzweigte. Die Baudelaires saßen in der Falle.

Immerhin ist es sehr viel besser, in der Falle zu sitzen, als tot zu sein, und so umarmten sich die drei Kinder erst einmal aus lauter Erleichterung darüber, dass etwas ihren Fall gestoppt hatte. »Spenset«, sagte Sunny mit einer Stimme, die völlig heiser war vom Schreien.

»Ja, Sunny«, sagte Violet und drückte sie fest an sich. »Wir leben noch.« Es hörte sich so an, als sagte sie das nicht nur zu ihrer Schwester, sondern auch zu sich selbst.

»Wir leben noch«, wiederholte Klaus und umarmte alle beide. »Wir leben noch und es geht uns relativ gut.«

»Das würde ich nicht sagen«, ertönte Esmés Stimme von oben. Ihre Worte prallten an den Wänden des Schachts ab, aber dennoch hörten die Kinder jedes ihrer grausamen Worte. »Ihr lebt, aber gut geht es euch nicht, auch nicht relativ gut. Sobald die Auktion vorbei ist und die Quagmeirs aus der Stadt gebracht werden, kommt Gunther, um euch zu holen, und ich verspreche euch, dass es euch drei Waisen nie wieder gut gehen wird. Was für ein wundervoller, Gewinn bringender Tag! Endlich wird mein früherer Schauspiellehrer nicht nur ein riesiges Vermögen in die Hand bekommen, sondern gleich zwei!«

»Dein früherer Schauspiellehrer?«, fragte Violet entgeistert. »Willst du damit sagen, dass du immer gewusst hast, wer Gunther in Wirklichkeit ist?«

»Natürlich«, antwortete Esmé. »Ich musste nur euch Kinder und meinen schwachsinnigen Ehemann davon überzeugen, dass er ein Auktionator sei. Zum Glück bin ich eine umwerfend gute Schauspielerin, so dass es kein Problem war, euch an der Nase herumzuführen.«

»Du hast also die ganze Zeit mit diesem schrecklichen Schurken unter einer Decke gesteckt?«, rief Klaus nach oben. »Wie konntest du uns das antun?«

»Er ist kein schrecklicher Schurke«, widersprach Esmé. »Er ist ein Genie! Ich habe dem Portier Anweisungen gegeben, euch nicht aus dem Haus zu lassen, bis Gunther euch holen kommt, aber Gunther hat mich überzeugt, dass es viel schlauer wäre, euch hier runterzuschmeißen. Und er hat Recht gehabt! So habt ihr keine Möglichkeit, zur Auktion zu kommen und unsere Pläne zu durchkreuzen!«

»Sisalem!«, kreischte Sunny.

»Meine Schwester hat Recht!«, rief Violet. »Du bist unser Vormund! Deine Aufgabe ist es, uns zu beschützen, und nicht, uns in Aufzugschächte zu stürzen und uns unser Vermögen zu stehlen!«

»Aber es macht mir Spaß, euch zu bestehlen«, sagte Esmé. »Es macht mir Spaß, euch so zu bestehlen, wie Beatrice mich bestohlen hat.«

»Wovon redest du überhaupt?«, fragte Klaus. »Du bist doch schon unglaublich reich. Wozu willst du noch mehr Geld?«

»Weil es in ist, natürlich«, antwortete Esmé. »So, Kinder, ciao ciao. *Ciao ciao* sagt man jetzt, wenn man drei frechen Waisen auf Wiedersehen sagt, die man nie mehr wiedersehen wird, das ist absolut in.«

»Warum?«, rief Violet. »Warum bist du so gemein zu uns?«

Esmés Antwort auf diese Frage war grausamer als alle früheren, eine Antwort, für die es keine Worte gibt. Sie lachte bloß, und ihr Lachen war ein lautes, hässliches Gewieher, das an den Wänden wiederhallte und dann langsam immer schwächer wurde, als der Vormund der Kinder sich entfernte. Die Baudelaires sahen einander an oder versuchten es wenigstens, so gut es in dieser Dunkelheit ging, während sie gleichzeitig vor Furcht und Ekel zitterten. So sehr zitterten sie, dass das Netz unter ihnen schwankte, dieses Netz, das ihre Rettung war, aber gleichzeitig auch ihre Falle.

»Dielee?«, fragte Sunny, und ihre Geschwister wussten, was sie damit sagen wollte: »Was machen wir jetzt?«

»Ich weiß es nicht«, sagte Klaus, »aber irgendwas müssen wir machen.«

»Und zwar schnell«, fügte Violet hinzu. »Das ist allerdings schwierig. Rauf- oder runterklettern können wir nicht, dafür sind die Wände zu glatt.«

»Und Lärm zu machen, damit irgendwer auf uns aufmerksam wird, hat auch keinen Zweck«, meinte Klaus. »Selbst wenn uns jemand hört, wird er denken, das Geschrei käme aus einer der Wohnungen.«

Violet schloss die Augen, um nachzudenken, auch wenn es ohnehin so dunkel war, dass es eigentlich egal war, ob sie die Augen auf- oder zuhatte. »Klaus, vielleicht ist die Zeit wieder reif für dein Forschertalent«, sagte sie nach einer kleinen Weile. »Erinnerst du dich, ob es irgendwann in der Geschichte Leute gab, die aus einer Falle wie dieser hier entkommen sind?«

»Nicht dass ich wüsste«, sagte Klaus traurig. »In der Sage von Herkules wird erzählt, dass er zwischen zwei Monstern namens Scylla und Charybdis gefangen war, so wie wir jetzt zwischen den automatischen Schiebetüren und dem Käfig. Er ist aus der Falle herausgekommen, in dem er sie in Whirlpools verwandelt hat.«

»Glaukos«, sagte Sunny, was wohl heißen sollte: »Aber wir können das nicht.«

»Ich weiß«, sagte Klaus bedrückt. »Sagen sind zwar oft sehr spannend, aber besonders hilfreich sind sie eigentlich nicht. Vielleicht ist die Zeit doch eher reif für eine von Violets Erfindungen.«

»Aber woraus soll ich was machen – ich hab doch überhaupt kein Material«, sagte Violet und befühlte mit der Hand die Ränder des Netzes. »Das Netz kann ich nicht nehmen, denn wenn ich anfange, es aufzuribbeln, dann stürzen wir ab. Es scheint mit kleinen Haken an der Wand befestigt zu sein, aber die kann ich auch nicht rausziehen und zu irgendwas anderem nehmen.«

»Güzan?«, fragte Sunny.

»Ja«, antwortete Violet, »Haken. Leg deine Hand hier hin, Sunny, dann kannst du einen fühlen. Vermutlich hat Gunther eine lange Leiter benutzt, um die Haken in die Wände zu schlagen, und dann hat er das Netz daran festgemacht. Anscheinend sind die Wände des Fahrstuhlschachts weich genug für kleine spitze Gegenstände.«

»Zolk?«, fragte Sunny, womit sie sagen wollte: »Wie zum Beispiel Zähne?« Und im selben Moment wussten ihre Geschwister, woran sie dachte.

»Nein«, sagte Violet, »du kannst nicht den Schacht hochklettern und dich nur mit den Zähnen festhalten. Das wäre viel zu gefährlich.«

»Joi«, widersprach Sunny und das hieß ungefähr: »Aber wenn ich falle, dann falle ich doch wieder ins Netz.«

»Aber was ist, wenn du auf halbem Weg stecken bleibst?«, fragte Klaus, »oder wenn dir ein Zahn abbricht?«

»Vasta«, sagte Sunny und das hieß: »Ich muss es einfach riskieren – es ist unsere einzige Hoffnung.« Ihre Geschwister stimmten ihr, wenn auch ungern, zu. Der Gedanke, dass ihre kleine Schwester an den Wänden des Fahrstuhlschachts hochkletterte und sich dabei nur an den Zähnen festhielt, gefiel ihnen überhaupt nicht, doch es fiel ihnen auch keine andere Möglichkeit ein, wie sie rechtzeitig entkommen könnten, um Gunthers Plan zu durchkreuzen. Die Zeit war nicht reif für Violets Erfindergeist und auch nicht für das Wissen, das Klaus sich angelesen hatte, aber sie war sehr wohl reif für Sunnys scharfe Zähne. Im nächsten Moment legte das jüngste der Baudelaire-Kinder den Kopf in den Nacken, schleuderte ihn dann wieder nach vorn und stieß einen ihrer Zähne in die Wand. Jeder Zahnarzt hätte stundenlang geschluchzt bei dem Geräusch, das dabei entstand. Aber die Baudelaires waren ja keine Zahnärzte, und so lauschten alle drei angestrengt in die Dunkelheit, um zu hören, ob Sunnys Zahn ebenso fest halten würde wie die Haken. Zu ihrer Freude hörten sie nichts – kein Schrammen, kein Abrutschen, kein Krachen, nichts, woraus sie hätten schließen können, dass Sunnys Zähne nicht halten würden. Sunny schüttelte sogar leicht den Kopf, um zu sehen, ob ihr Zahn sich dabei aus der Wand lösen würde, aber sie hatte festen Halt. Nun bog sie leicht den Kopf und platzierte einen zweiten Zahn in der Wand, kurz oberhalb des ersten. Sobald dieser festsaß, zog sie den ersten heraus und stieß ihn an anderer Stelle erneut in die Wand, ein Stück oberhalb des zweiten. Durch diesen Abstand zwischen den Zähnen hatte Sunny sich bereits ein Stück an der Wand hoch bewegt, und als sie den zweiten Zahn wiederum oberhalb des ersten platzierte, berührte ihr kleiner Körper schon nicht mehr das Netz.

»Viel Glück, Sunny«, sagte Violet.

»Wir werden dich anfeuern, Sunny«, sagte Klaus.

Sunny antwortete nicht, aber ihre Geschwister machten sich keine Sorgen deswegen. Sie wussten ja, dass es schwierig war, viel zu sagen, wenn man den Mund voller Aufzugwand hatte. Also blieben Violet und Klaus einfach im Netz sitzen und riefen ihrer kleinen Schwester immer wieder aufmunternde Worte zu. Wäre Sunny in der Lage gewesen, gleichzeitig zu klettern und zu reden, dann hätte sie vielleicht »Sorijed« gesagt – so weit, so gut – oder »Jaff« – die Hälfte habe ich wohl geschafft –, doch so hörten die beiden größeren Baudelaires nichts weiter von ihr als die regelmäßigen Geräusche, die sie machte, wenn sie ihre Zähne in die Wand schlug oder wieder herauszog. Endlich aber ertönte von oben ein triumphierendes »Top!«.

»Mensch, Sunny«, brüllte Klaus, »du hast es geschafft.«

»Spitze!«, rief Violet hinauf. »Jetzt hol schnell unser Notseil unterm Bett hervor und dann kommen wir beide zu dir hoch.«

»Ganba«, rief Sunny zurück und krabbelte los. Die beiden älteren Geschwister saßen eine Weile im Dunkeln und staunten über die Fähigkeiten ihrer Schwester.

»Ich hätte das nicht gekonnt«, sagte Violet, »schon gar nicht in Sunnys Alter.«

»Ich auch nicht«, sagte Klaus, »und dabei haben wir beide normal große Zähne.«

»Es ist nicht nur die Größe ihrer Zähne«, meinte Violet. »Es ist auch die Größe ihres Muts und die Größe ihrer Sorge um uns beide.«

»Und die Größe des Schlamassels, in dem wir stecken«, fügte Klaus hinzu, »und die Größe des Verrats, den unser Vormund begangen hat. Ich kann es nicht fassen, dass Esmé die ganze Sache mit Gunther gemeinsam geplant haben soll. Die Frau ist genauso hohl wie dieser Fahrstuhlschacht.«

»Esmé ist eine ganz gute Schauspielerin«, versuchte Violet ihn zu trösten, »auch wenn sie eine grässliche Person ist. Sie hat uns so reingelegt, dass wir ihr geglaubt haben, dass Gunther sie reingelegt hat. Aber was hat sie eigentlich gemeint, als sie sagte –«

»Tada!«, rief Sunny von oben.

»Sie hat das Seil«, sagte Violet aufgeregt. »Knote es am Türknauf fest, Sunny, mit der Teufelszunge.«

»Nein«, sagte Klaus, »ich habe eine bessere Idee.«

»Eine bessere Idee, als hier rauszuklettern?«, fragte Violet.

»Rausklettern will ich auch«, sagte Klaus. »Ich meine nur, wir sollten nicht nach oben klettern. Da oben sind wir doch wieder nur am Penthaus.«

»Aber vom Penthaus aus können wir zur Veblen-Halle. Wir können ja auch das Geländer runterrutschen, dann sind wir schneller.«

»Aber am Ende des Geländers ist die Eingangshalle«, gab Klaus zu bedenken, »und in der Eingangshalle ist der Portier, der die strikte Anweisung hat, uns nicht rauszulassen.«

»An den hatte ich gar nicht gedacht«, räumte Violet ein, »und der tut ja immer, was ihm gesagt wird.«

»Und deshalb müssen wir das Haus Dunkle Allee 667 auf einem anderen Weg verlassen«, sagte Klaus.

»Ditemu«, rief Sunny nach unten, was mehr oder weniger hieß: »Was für einen anderen Weg gibt es denn?«

»Abwärts«, sagte Klaus. »Von dem winzigen Räumchen unten führt doch ein Gang ab, erinnert ihr euch? Gleich neben dem Käfig.«

»Stimmt«, sagte Violet. »Und durch diesen Gang muss Gunther die Quagmeirs verschleppt haben, bevor wir sie befreien konnten. Aber wer weiß, wo der endet?«

»Also, wenn Gunther mit den Quagmeirs durch den Gang ist«, überlegte Klaus, »dann muss er irgendwo in der Nähe der Veblen-Halle rauskommen. Und genau dahin wollen wir schließlich auch.«

»Du hast Recht«, sagte Violet. »Sunny, du brauchst das Seil nicht mehr festzuknoten. Es könnte sowieso sein, dass jemand es findet und merkt, dass wir entkommen sind. Bring es einfach mit runter. Glaubst du, du kannst dich wieder nach unten beißen?«

»Jeronimo!«, rief Sunny, was so viel hieß wie: »Ich muss mich gar nicht nach unten beißen«, und damit hatte sie Recht. Sie holte tief Luft und stürzte sich in den dunklen Schacht, das Notseil hinter sich herziehend. Dieses Mal brauche ich keine leeren Seiten für den Sturz in die Finsternis, denn der Schrecken des langen, dunklen Falls wurde Sunny dadurch versüßt, dass sie wusste, unten warteten ein Netz und ihre Geschwister auf sie. *Plumps,* landete Sunny im Netz, und mit einem zweiten, leiseren *Plumps* landete das Seil neben ihr. Nachdem Violet sich vergewissert hatte, dass ihrer Schwester nichts passiert war, machte sie sich daran, ein Seilende an einem der Wandhaken zu befestigen.

»Ich kontrolliere, ob das Seil auch ganz fest sitzt«, sagte Violet. »Sunny, wenn deine Zähne nicht zu müde sind vom Klettern, dann könntest du schon mal ein Loch ins Netz beißen, durch das wir hindurchschlüpfen können.«

»Und was kann ich tun?«, fragte Klaus.

»Du kannst beten, dass es funktioniert«, sagte Violet, doch die beiden Schwestern hatten ihre Aufgaben so schnell erledigt, dass auch für die kürzeste religiöse Zeremonie keine Zeit blieb. In Sekundenschnelle hatte Violet das Seil mit komplizierten und äußerst wirksamen Knoten am Haken befestigt, während Sunny ein kinderkopfgroßes Loch mitten ins Netz gebissen hatte. Violet ließ das Seil durch das Loch hinunterbaumeln, und die drei Kinder lauschten, bis sie das vertraute *Kling* hörten, als ihre Seilattrappe gegen den Metallkäfig schlug. Einen Moment lang starrten die Baudelaires durch das Loch hinunter in den schwarzen Abgrund.

»Ich kann es nicht fassen«, sagte Violet, »dass wir wieder da runtersollen.«

»Ich weiß, was du meinst«, sagte Klaus. »Wenn mich jemand gefragt hätte, damals am Strand, ob ich mir vorstellen könnte, je im Leben in einem leeren Fahrstuhlschacht rauf- und runterzuklettern, um zwei Drillinge zu befreien, dem hätte ich gesagt: ›Nie im Leben.‹ Und jetzt ist es schon das fünfte Mal in vierundzwanzig Stunden. Was ist nur mit uns geschehen? Was hat uns hierher geführt, an diesen grauenvollen Ort, in den wir jetzt starren?«

»Ein Unglück«, sagte Violet leise.

»Ein schrecklicher Brand«, sagte Klaus.

»Olaf«, sagte Sunny abschließend und fing an, das Seil hinunterzuklettern. Klaus folgte seiner Schwester durch das Loch im Netz, und so begaben sich alle drei Geschwister wieder auf den langen Weg durch den halben Schacht, bis sie wieder den winzigen, verdreckten Raum, den Käfig und den Gang erreicht hatten, der sie hoffentlich zur Auktion führen würde. Sunny kniff die Augen zusammen und betrachtete das Seil, um ganz sicher zu sein, dass ihre Geschwister es sicher nach unten geschafft hatten.

Klaus kniff die Augen zusammen und schaute in den Gang, um zu sehen, wie lang er war und ob vielleicht jemand oder etwas dort auf sie lauerte. Und Violet kniff die Augen zusammen und betrachtete die Schneidbrenner, die sie in die Ecke gepfeffert hatten, als die Zeit nicht reif dafür war.

»Wir sollten sie mitnehmen«, sagte sie.

»Wieso?«, fragte Klaus. »Die sind doch sicher längst kalt.«

»Klar«, antwortete Violet, »und die Spitzen sind vom Aufprall verbogen. Aber vielleicht sind sie uns noch mal zu irgendetwas nütze. Wir wissen nicht, was uns in dem Gang erwartet, und ich möchte nicht mit leeren Händen dastehen, wenn was ist. Hier, Klaus. Hier, Sunny.«

Die jüngeren Geschwister nahmen die verbogenen, abgekühlten Feuerzangen entgegen und dann machten die drei ihre ersten Schritte in den Gang. In der völligen Finsternis dieses schrecklichen Ortes wirkten die Feuerzangen eher wie lange, schmale Verlängerungen der Hände der Baudelaires und nicht wie Erfindungen, die sie darin hielten. Aber wenn Violet gesagt hatte, sie wolle nicht mit leeren Händen dastehen, dann bedeutete das nur, dass sie nicht unvorbereitet sein wollte. Und drei Kinder in einem finsteren Gang, die Feuerzangen in den Händen halten, sind vielleicht etwas besser vorbereitet als drei

Kinder in einem finsteren Gang, die gar nichts in Händen halten. Und leider muss ich dir sagen, dass die Älteste der Baudelaires völlig Recht hatte. Die drei Kinder konnten es sich absolut nicht leisten, mit leeren Händen dazustehen, nicht, wenn man bedenkt, was für ein unfairer Vorteil am Ende des Wegs auf sie wartete. Während sie einen vorsichtigen Schritt nach dem anderen machten, mussten die Kinder ihre Hände eher so voll wie möglich haben, angesichts des Elements Überraschung, das am Ende des finsteren Gangs auf sie wartete.

Elftes Kapitel

Der französische Ausdruck *cul de sac* beschreibt sehr gut das, was die Baudelaire-Waisen vorfanden, als sie das Ende des dunklen Gangs erreichten, und wie alle französischen Ausdrücke versteht man auch diesen am besten, wenn man ihn Wort für Wort in die eigene Sprache übersetzt. Das Wörtchen *de* zum Beispiel kommt im Französischen so oft vor, dass ich selbst dann, wenn mir diese Sprache völlig fremd wäre, wetten würde, dass *de* einfach *von* bedeutet. Das Wort *sac* hingegen ist schon weniger gebräuchlich, doch ich bin mir ziemlich sicher, dass es so etwas Ähnliches wie *geheimnisvolle Umstände* bedeutet. *Cul* jedoch ist ein so seltenes Wort, dass ich nur raten kann, was es bedeuten kann, und ich tippe mal auf *Am Ende des dunklen Gangs stießen die Kinder auf eine Häufung,* so dass der ganze Ausdruck bedeuten würde: »Am Ende des dunklen Gangs stießen die Kinder auf eine Häufung von geheimnisvollen Umständen.«

Hätten die Baudelaires selbst einen französischen

Ausdruck aussuchen können für das, was sie am Ende des Gangs erwartete, dann hätten sie vielleicht einen gewählt, der bedeutet hätte: »Als die drei Kinder um die letzte Ecke des Gangs bogen, hatte die Polizei Gunther bereits verhaftet und die Quagmeir-Drillinge befreit«, oder doch wenigstens: »Die Baudelaires sahen voller Begeisterung, dass der Gang direkt in die Veblen-Halle führte, in der die Auktion stattfand.« Doch das Ende des Gangs stellte sich als ebenso geheimnisvoll und Besorgnis erregend heraus wie Anfang und Mitte auch. Im gesamten Gang war es stockdunkel und wegen der zahlreichen Kehren und Kurven prallten die Kinder immer wieder gegen die Mauern. Die Decke war ausgesprochen niedrig – so niedrig, dass Gunther seine Schandtaten mit Sicherheit nur in stark gebückter Haltung ausgeführt haben konnte. Über ihren Köpfen hörten die Kinder ganz unterschiedliche Geräusche, aufgrund derer sie raten konnten, wohin der Gang sie vermutlich führte. Nach den ersten Kurven hörten sie Schritte und die gedämpfte Stimme des Portiers, der über ihnen herumlief, woraus sie schlossen, dass sie vermutlich unter der Eingangshalle des Hochhauses waren. Nach weiteren Kurven hörten sie zwei Männer, die sich über Meeresdekoration unterhielten, woraus sie schlossen, dass sie sich unter der Dunklen Allee befanden. Und nach noch weiteren Kurven hörten sie das rachitische Stöhnen einer alten Straßenbahn über sich, und da wussten sie, dass sie sich unter den Bahngleisen der Stadt befanden. Immer weiter wand sich der Gang und die Baudelaires hörten noch alle möglichen Geräusche – Hufgetrappel, kreischende Maschinen, Kirchenglocken und das Klirren von Gegenständen, die zu Boden fielen –, doch als sie endlich das Ende des Gangs erreichten, da war es über ihren Köpfen mucksmäuschenstill. Die Baudelaires standen reglos da und überlegten, an welchem Ort der Stadt es wohl derart still sein mochte.

»Was glaubt ihr, wo wir sind?«, fragte Violet und spitzte weiter die Ohren. »Hier herrscht ja wirklich Grabesstille.«

»Das macht mir weniger Sorgen«, meinte Klaus und stocherte mit seiner Feuerzange herum. »Ich finde die nächste Kurve nicht. Kann sein, dass wir in einer Sackgasse gelandet sind.«

»Eine Sackgasse!«, rief Violet und stocherte gleich mit ihrer Feuerzange an der gegenüberliegenden Wand. »Das gibt's doch nicht! Kein Mensch baut einen Gang, der nirgends hinführt.«

»Pratjik«, sagte Sunny und das hieß: »Gunther muss doch irgendwo rausgekommen sein, als er diesen Gang genommen hat.«

»Ich habe schon alle Wände abgetastet«, sagte Klaus

wütend. »Es gibt keine Tür, keine Treppe, keine Kurve – nichts. Wir sind in einer Sackgasse, man kann es nicht anders sagen. Das heißt, man könnte schon – es gibt ein französisches Wort für Sackgasse, aber das habe ich vergessen.«

»Dann bleibt uns wohl nichts anderes übrig, als neu nachzudenken«, sagte Violet mit trauriger Stimme. »Ich denke, wir machen kehrt, gehen wieder zurück durch den Gang und klettern hoch bis zum Netz. Dann muss Sunny sich wieder bis zum Penthaus hochzahnen und noch mehr Sachen suchen, die man zu einem Notseil zusammenknoten kann. Dann klettern wir beide nach oben, rutschen auf dem Geländer nach unten, schleichen uns am Portier vorbei und rennen zur Veblen-Halle.«

»Pjetian«, wandte Sunny ein, was so viel hieß wie: »So kommen wir niemals rechtzeitig an, um Gunther zu entlarven und die Quagmeirs zu befreien.«

»Ich weiß«, seufzte Violet. »Aber was anderes fällt mir nicht ein. Es kommt mir vor, als stünden wir jetzt doch mit leeren Händen da, trotz der Feuerzangen.«

»Wenn wir Schaufeln hätten«, meinte Klaus, »dann könnten wir versuchen, uns einen Durchbruch zu graben. Aber wir können ja schlecht die Zangen als Schaufeln nehmen.«

»Tenti«, sagte Sunny, was heißen sollte: »Wenn wir

Dynamit hätten, dann könnten wir uns einen Durchgang freisprengen. Aber wir können ja schlecht die Zangen als Dynamit nehmen.«

»Aber als Krachmacher könnten wir sie nehmen«, sagte Violet auf einmal. »Wir hämmern einfach mit den Zangen an die Decke, vielleicht können wir so jemanden auf uns aufmerksam machen, der gerade vorbeikommt.«

»Ich habe zwar nicht den Eindruck, dass hier überhaupt mal jemand vorbeikommt«, sagte Klaus, »aber probieren können wir's ja. Komm, Sunny, ich nehm dich auf den Arm, dann reichst du mit deiner Zange auch an die Decke.«

Klaus hob seine Schwester hoch, und alle drei Kinder fingen an, gegen die Decke zu hämmern. Sie hatten vor, mehrere Minuten lang herumzulärmen, doch sobald ihre Zangen gegen die Decke schlugen, waren die Kinder von einer schwarzen Staubwolke eingehüllt. Wie ein trockener, schmutziger Schauer regnete der Staub auf sie herab, so dass sie nur noch husteten und spuckten und sich die Augen rieben und gar nicht mehr weitermachen konnten.

»Baah!« Wieder spuckte Violet Staub aus. »Das schmeckt ja ekelhaft!«

»Wie verbrannter Toast«, sagte Klaus.

»Pieflop!«, schrie Sunny.

In diesem Moment hörte Violet auf zu husten und

leckte nachdenklich einen Finger ab. »Das ist Asche«, sagte sie laut. »Vielleicht sind wir direkt unter einem offenen Kamin.«

»Glaube ich nicht«, sagte Klaus. »Schau doch mal nach oben.«

Die Baudelaires schauten nach oben und sahen, dass der schwarze Staub einen ganz schmalen Streifen Licht freigelegt hatte, kaum breiter als ein Bleistift. Die Kinder starrten hinauf, und die Morgensonne starrte zurück, den dreien direkt ins Gesicht.

»Tisdu?«, fragte Sunny, was heißen sollte: »Wo in der Stadt liegt denn draußen Asche herum?«

»Vielleicht sind wir unter dem Grundstück von jemandem, der einen Grill im Garten hat«, überlegte Klaus.

»Wir werden's bald wissen«, antwortete Violet und begann, noch mehr Asche von der Decke zu klopfen. Während die Kinder von einer dicken schwarzen Wolke eingehüllt wurden, kamen zu dem dünnen Lichtstreif noch drei weitere hinzu, so als hätte jemand ein helles Rechteck an die Decke gemalt. In dem Licht, das so zu ihnen hineinfiel, erkannten die Kinder zwei Scharniere. »Seht mal«, sagte Violet, »das ist eine Falltür! Wir konnten sie vorhin nicht sehen, weil es so dunkel war, aber es ist wirklich eine.«

Klaus presste seine Zange gegen die Falltür, weil er

versuchen wollte, sie aufzumachen, aber sie bewegte sich nicht. »Verschlossen«, sagte er. »Das hätte ich mir denken können. Wetten, dass Gunther sie hinter sich zugeschlossen hat, als er die Quagmeirs verschleppt hat.«

Violet betrachtete die Falltür, und im hereinströmenden Sonnenlicht sahen ihre Geschwister, wie sie sich das Haar im Nacken zusammenband, damit es ihr nicht ins Gesicht fiel. »Von einem Schloss lassen wir uns doch nicht aufhalten«, sagte sie. »Nicht jetzt, wo wir so weit gekommen sind. Ich finde, die Zeit ist endlich reif für diese Zangen – aber nicht als Schneidbrenner und auch nicht als Krachmacher.« Lächelnd sah sie ihre Geschwister an. »Wir nehmen sie als Brecheisen«, sagte sie aufgeregt.

»Wassas?«, fragte Sunny.

»Ein Brecheisen ist so etwas wie ein tragbarer Hebebaum«, erklärte Violet, »und diese Zangen eignen sich wunderbar dazu. Die gebogenen Spitzen stecken wir an einer Stelle rein, durch die Licht zu sehen ist, und dann biegen wir den Rest kräftig mit den Zangen nach unten. Dann müsste die Tür eigentlich runterkommen. Kapiert?«

»Ich glaube ja«, sagte Klaus. »Versuchen wir's.«

Die Baudelaires versuchten es. Erst steckten sie den verbogenen Teil der Zangen vorsichtig in eine der Öffnungen, dann drückten sie den geraden Teil heftig zur anderen Seite. Sie keuchten vor Anstrengung, aber zu meiner großen Freude kann ich dir berichten, dass die Brecheisen perfekt funktionierten. Mit einem ohrenbetäubenden Krachen und einem weiteren Aschenregen verbogen sich die Scharniere. Die Tür schwang nach unten auf. Sonnenlicht strömte in den Gang, und die Baudelaires sahen, dass sie zu guter Letzt an das Ende ihrer langen, finsteren Reise gekommen waren.

»Es hat funktioniert!«, rief Violet. »Es hat tatsächlich funktioniert!«

»Die Zeit war reif für deinen Erfindergeist!«, rief Klaus. »Die Lösung war mal wieder direkt vor unserer Nase.«

»Oben!«, quiekte Sunny und ihre Geschwister stimmten ihr zu. Wenn sie sich auf die Zehenspitzen stellten, konnten die Kinder die Scharniere packen und sich daran hochziehen und Sekunden später standen alle drei oben und blinzelten in die Sonne. Ihre Brecheisen hatten sie unten gelassen.

Eines meiner wertvollsten Besitztümer ist ein kleines Holzkistchen mit einem Spezialschloss, das über fünfhundert Jahre alt ist und nur mit einem Trick zu öffnen ist, den mir mein Großvater erklärt hat. Mein Großvater hat ihn von seinem Großvater gelernt und der wiederum von seinem, und ich würde das Geheimnis an mein Enkelkind weitergeben, wenn ich je eine Familie hätte, anstatt den Rest meiner Tage einsam und allein zu verbringen. Das kleine Holzkistchen ist deswegen eines meiner wertvollsten Besitztümer, weil man, wenn man das Schloss geöffnet hat, einen kleinen silbernen Schlüssel darin findet. Dieser Schlüssel wiederum passt in das Schloss eines meiner anderen wertvollen Besitztümer, einem etwas größeren Holzkistchen, das mir eine Frau gegeben hat, von der zu sprechen mein Großvater sich stets geweigert hat. In dieser etwas größeren Holzkiste befindet sich eine Pergamentrolle, was hier so viel heißt wie »sehr altes Papier, auf das eine Karte der Stadt gedruckt ist, aus der Zeit, als die Baudelaires dort lebten«. Mit dunkelblauer Tinte ist jedes Detail der Stadt darin eingezeichnet, und an den Rändern sind von den zwölf früheren Besitzern der Karte, die inzwischen alle verstorben sind, die Maße einzelner Gebäude, Skizzen von Kostümen und Wetterdaten festgehalten. Mehr Stunden, als ich je zählen könnte, habe ich damit verbracht, diese Karte so gründlich wie möglich zu studieren, um alles, was ihr zu entnehmen ist, zunächst in meinen Unterlagen und später in Büchern wie diesen festzuhalten, in der Hoffnung, dass die Öffentlichkeit irgendwann jedes Detail der hinterhältigen Verschwörung erfahren wird, vor der ich mich mein Leben lang zu retten versucht habe. Die Karte enthält tausende von faszinierenden Dingen, die alle möglichen Forscher, Kriminalkommissare und Zirkusartisten über die Jahre entdeckt haben, doch das Faszinierendste ist das, was die Baudelaires selbst in ebendiesem Moment entdeckten. Manchmal, wenn ich nicht schlafen kann, stehe ich mitten in der Nacht auf, öffne mit Hilfe des geheimen Tricks das kleinere Holzkistchen und nehme den Schlüssel für das etwas größere Holzkistchen heraus. Dann setze ich mich an meinen Schreibtisch und betrachte bei Kerzenlicht wieder einmal die beiden punktierten Linien, die den Geheimgang markieren, der am Boden des Fahrstuhlschachts des Hauses Dunkle Allee 667 beginnt und an der Falltür endet, die die Baudelaires mit ihren Brecheisenattrappen aufbekommen haben. Lange Zeit starre ich dann auf den Teil der Stadt, an dem die Waisen jenem gespenstischen Gang entstiegen, doch ganz gleich, wie lange ich auf die Karte starre, ich traue meinen Augen kaum, ebenso wenig wie die drei Kinder ihren Augen trauten.

So lange waren die Geschwister in der Dunkelheit gewesen, dass ihre Augen lange brauchten, um sich wieder an eine anständig beleuchtete Umgebung zu gewöhnen, und so standen sie eine Weile da, rieben sich die Augen und versuchten zu erkennen, wohin sie eigentlich durch die Falltür gelangt waren. Doch im grellen Sonnenlicht konnten sie nichts weiter ausmachen als den Schatten eines rundlichen Mannes.

»Entschuldigung«, sagte Violet, deren Augen sich immer noch nicht ganz an das Licht gewöhnt hatten. »Wir müssen ganz dringend zur Veblen-Halle. Es handelt sich um einen Notfall. Wissen Sie vielleicht, wie wir dahinkommen?«

»Zwei Blo-Blocks in die-dieser Richtung«, stotterte der Schatten. Nach und nach erkannten die Kinder, dass es sich dabei um einen leicht übergewichtigen Briefträger handelte, der mit einer Hand zur Straße zeigte, während er gleichzeitig die Kinder ängstlich ansah. »Bitte tut mir nichts«, fügte er hinzu und trat einen Schritt zurück.

»Wir wollen Ihnen doch gar nichts tun«, sagte Klaus und wischte sich die Asche von der Brille.

»Das sagen Geister immer«, antwortete der Mann, »und dann tun sie einem doch was.«

»Aber wir sind doch gar keine Geister«, sagte Violet.

»Das könnt ihr mir nicht weismachen«, sagte der Mann. »Ich hab selbst gesehen, wie ihr aus der Asche aufgetaucht seid, gerade so, als kämet ihr direkt vom Mittelpunkt der Erde. Die Leute sagen schon lange, es würde spuken auf dem leeren Grundstück, wo die Baudelaire-Villa abgebrannt ist. Jetzt weiß ich, dass sie Recht haben.«

Der Briefträger rannte davon, bevor die Baudelaires

antworten konnten, aber davon abgesehen waren die drei ohnehin viel zu überrascht, um ein Wort hervorzubringen. Sie blinzelten weiter in die Sonne, und als sich ihre Augen endlich an das Licht gewöhnt hatten, sahen sie, dass der Briefträger Recht gehabt hatte. Es stimmte. Natürlich nicht, dass die Kinder Geister waren. Sie waren keine gruseligen Wesen, die vom Mittelpunkt der Erde kamen, sondern drei Waisen, die sich selbst aus einem unterirdischen Gang herausbefördert hatten. Recht hatte der Briefträger allerdings gehabt, als er sagte, wo sie sich befanden. Die Baudelaires sahen sich um und kauerten sich erschrocken zusammen, so als befänden sie sich noch immer in dem finsteren Gang und nicht in strahlender Sonne, mitten in den verkohlten Ruinen ihres zerstörten Elternhauses.

Zwölftes Kapitel

Einige Jahre bevor die Baudelaires zur Welt kamen, hatte die Veblen-Halle den angesehenen Türenpreis gewonnen. Dieser Preis wird jedes Jahr für den schönsten Eingang der Stadt verliehen, und solltest du je, wie die Baudelaires an jenem Tag, vor der Veblen-Halle stehen, dann wirst du auf den ersten Blick sehen, wofür die grell rosa Trophäe verliehen wurde: für das auf Hochglanz polierte Holz, die Scharniere aus feinstem Messing und vor allem für den wundervollen, blitzenden Türknauf aus dem zweitbesten Kristall der Welt. Doch die Baudelaires waren in einer Verfassung, in der sie überhaupt keinen Sinn für architektonische Feinheiten hatten. Violet ging vor ihren Geschwistern her die Stufen zur Halle hinauf und griff nach dem Türknauf, ohne einen Gedanken daran zu verschwenden, dass die glänzende Oberfläche ganz schwarz werden würde von der Asche an ihrer Hand. Wäre ich damals bei den Baudelaires gewesen – um nichts in der Welt hätte ich die preisgekrönte Tür geöffnet. Ich wäre heilfroh gewesen, dem Netz im Fahrstuhlschacht und Gunthers heimtückischem Plan entkommen zu sein, und hätte mich in irgendeine entfernte Ecke der Welt geflüchtet, wo ich mich für den Rest meiner Tage vor Gunther und seinen Kumpanen versteckt hätte, anstatt eine weitere Begegnung mit diesem hinterhältigen Schurken zu riskieren – eine Begegnung, von der ich dir leider sagen muss, dass sie nur weiteres Elend in das Leben der drei Waisen bringen wird. Doch diese drei Kinder waren weit mutiger, als ich es je sein werde, und daher blieben sie nur einen kurzen Moment stehen, um ebendiesen ganzen Mut zusammenzunehmen.

»Hinter diesem Türknauf«, sagte Violet, »liegt unsere letzte Chance, Gunthers wahre Identität und seine furchtbaren Pläne zu enthüllen.«

»Hinter diesen Messingscharnieren«, sagte Klaus, »liegt unsere letzte Gelegenheit, die Quagmeirs davor zu bewahren, aus der Stadt geschmuggelt zu werden.«

»Sorusu«, sagte Sunny und das bedeutete: »Hinter diesen Holzbalken liegt die Antwort auf das Geheimnis, das die Abkürzung F.F. umgibt, und auch auf die Frage, wieso der Geheimgang uns ausgerechnet dorthin geführt hat, wo die Baudelaire-Villa bis auf die Grundmauern niederbrannte, wo unsere Eltern umkamen und wo die schaurigen Ereignisse begannen, die uns verfolgen, wo immer wir hinkommen.« Die Baudelaires schauten einander an, richteten sich so gerade wie möglich auf, so als wären sie ebenso groß wie ihr Mut, und dann öffnete Violet die Tür zur Veblen-Halle. Im nächsten Moment befanden sich die Kinder mitten in einem Tohuwabohu, was in diesem Fall so viel bedeutet wie »eine große Menschenmenge in einem enorm großen, eleganten Raum«. Dieser Raum hatte eine sehr hohe Decke, einen glänzenden Boden und ein massives Fenster, das im Vorjahr den zweiten Preis im Fensterwettbewerb erhalten hatte. Von der Decke hingen drei riesige Transparente herunter. Auf dem ersten stand das Wort IN, auf dem zweiten das Wort AUKTION, und auf dem dritten, das doppelt so groß war wie die beiden anderen, war Gunther selbst überlebensgroß abgebildet. Im Raum standen mindestens zweihundert Leute, und die Baudelaires sahen auf einen Blick, dass sie alle ausgesprochen in waren. Fast jeder trug einen Nadelstreifenanzug, nippte an Petersiliensoda aus hohen, gefrosteten Gläsern und knabberte an Lachsschnittchen, die von kostümierten Kellnern aus dem Café Salmonella serviert wurden, das offensichtlich damit beauftragt worden war, die Besucher zu verköstigen. Die Baudelaires trugen keine Nadelstreifen, sondern ihre ganz normalen Sachen, und die waren ziemlich verdreckt vom Fahrstuhlschacht und der Asche auf dem Grundstück der Baudelaires. Das schicke Publikum hätte sicher die Nase gerümpft, aber alles war so gebannt von dem, was am anderen Ende des Raums vor sich ging, dass niemand daran dachte, sich umzudrehen, um zu sehen, wer da durch die preisgekrönte Tür gekommen war.

Denn am anderen Ende der Veblen-Halle, unter dem größten Transparent und direkt vor dem mehrfach verglasten Fenster, stand Gunther auf einer kleinen Bühne und sprach in ein Mikrofon. Rechts von ihm stand eine kleine Glasvase, die mit blauen Blumen bemalt war, links von ihm in einem eleganten Sessel saß Esmé und starrte ihn an wie das siebte Weltwunder, soll heißen: als wäre er ein charmanter, gut aussehender Herr und nicht ein grausamer, verlogener Schurke.

»Position 46, bitte«, sagte Gunther in diesem Moment in sein Mikrofon. Über ihren ausgedehnten Erkundungen hatten die Baudelaires fast vergessen, dass Gunther ja immer so tat, als spräche er ihre Sprache nur gebrochen. »Bitte, meine Herren, Damen, schauen an Vase mit Blumen. Vasen in. Glas in. Blumen in, bitte, besonders wenn blau sind. Wer bietet?«

»Hundert«, rief eine Stimme aus der Menge.

»Hundertfünfzig«, sagte eine andere Stimme.

»Zweihundert«, sagte eine dritte.

»Zweihundertfünfzig.« Das war wieder die erste Stimme.

»Zweihundertdreiundfünfzig«, sagte jemand anderes.

»Wir sind gerade im richtigen Moment gekommen«, flüsterte Klaus Violet ins Ohr. »F.F. ist Position 50. Sollen wir warten und dann was sagen oder sollen wir uns Gunther gleich vornehmen?«

»Ich weiß nicht«, flüsterte Violet zurück. »Vor lauter Angst, nicht mehr rechtzeitig zur Auktion zu kommen, haben wir ganz vergessen, uns einen Plan auszudenken.«

»Zweihundertdreiundfünfzig zum Dritten, bitte?«, fragte Gunther über Mikrofon. »Okay. Hier Vase, bitte. Geben Geld zu Mrs. Elend, bitte.« Eine nadelgestreifte Frau trat an den Bühnenrand und reichte einen Stoß Geldscheine hoch, den Esmé mit gierigem Grinsen im Tausch gegen die Vase entgegennahm. Den Baudelaires wurde ganz schlecht, als sie mit ansehen mussten, wie Esmé die Scheine durchzählte und dann in aller Ruhe in ihrer nadelgestreiften Handtasche verstaute, während irgendwo hinter der Bühne die Quagmeirs in diesem F.F., was immer das sein mochte, gefangen waren.

»Evomer«, sagte Sunny und das hieß: »Ich halt's nicht mehr aus. Wir sagen jetzt allen Leuten, was hier eigentlich gespielt wird.«

»Pardon«, sagte in diesem Moment jemand, und als die Kinder hochschauten, sahen sie einen Mann, der durch eine auffällig große Sonnenbrille auf sie herabsah. In der einen Hand hielt er ein Lachsschnittchen, mit der anderen zeigte er auf die Baudelaires. »Ich muss euch bitten, die Halle sofort zu verlassen«, sagte er. »Dies hier ist die In-Auktion. Das ist kein Ort für schmierige kleine Kinder wie euch.«

»Aber wir werden erwartet«, sagte Violet schnell. »Wir sind mit unseren Pflegeeltern verabredet.«

»Wollt ihr mich zum Lachen bringen?«, fragte der Mann, der aussah, als hätte er noch nie im Leben gelacht. »Wer käme denn auf die Idee, so dreckige Gören wie euch zu pflegen?«

»Jerome und Esmé Elend«, sagte Klaus. »Wir wohnen bei ihnen im Penthaus.«

»Das werden wir gleich haben«, meinte der Mann. »Jerry, komm doch mal her!«

Der Mann hatte ziemlich laut gerufen, und so wandten sich ein paar Leute um und schauten die Kinder an, doch die allermeisten hörten weiter Gunther zu, der jetzt mit der Versteigerung von Position 47 begann – einem Paar Ballettschuhe aus, bitte, Schokolade. Jerome löste sich aus einem kleinen Kreis von Leuten und ging auf den strengen Mann zu, um zu sehen, was los war. Als er die Waisen erblickte, sah er aus, als würde er gleich aus den Schuhen kippen, was heißen soll, dass er sich einerseits freute, die Kinder zu sehen, andererseits aber auch total überrascht war.

»Ich freue mich sehr, euch zu sehen«, sagte er, »aber ich bin auch total überrascht. Esmé hat mir gesagt, ihr fühltet euch nicht wohl.«

»Du kennst diese Kinder also, Jerome?«, fragte der Mann mit der Sonnenbrille.

»Natürlich kenne ich sie«, entgegnete Jerome. »Das sind die Baudelaires. Ich hab dir doch eben von ihnen erzählt.«

»Ach so«, sagte der Mann und schien schon das Interesse verloren zu haben. »Wenn das die Waisen sind, dann ist es wohl okay, wenn sie hier sind. Aber, Jerry, du musst ihnen dringend was Neues zum Anziehen kaufen.«

Bevor Jerome überhaupt antworten konnte, war der Mann auch schon weg. »Ich mag es gar nicht, wenn man mich Jerry nennt«, sagte Jerome zu den Kindern, »aber ich mag mich auch nicht herumstreiten. Also, Baudelaires, fühlt ihr euch besser?«

Einen Moment lang standen die Kinder nur da und schauten zu ihrem Vormund hoch. Sie sahen, dass er ein angebissenes Lachsschnittchen in der Hand hielt, obwohl er doch gesagt hatte, er möge keinen Lachs. Vermutlich mochte er sich auch mit den Kellnern in ihren Lachskostümen nicht herumstreiten.

Die Baudelaires sahen erst Jerome an und dann einander. Sie fühlten sich kein bisschen besser. Sie wussten, dass Jerome keine Lust haben würde, sich wieder einmal mit ihnen darüber zu streiten, wer Gunther in Wirklichkeit war. Er würde nicht mit Esmé herumstreiten wollen, wenn sie ihm sagten, welche Rolle sie in dem Schurkenstück spielte. Und er würde sich nicht mit Gunther herumstreiten wollen, wenn er erfuhr, dass die Quagmeirs in einem der Gegenstände gefangen seien, die bei der Auktion versteigert wurden. Die Baudelaires fühlten sich kein bisschen besser, als ihnen klar wurde, dass der einzige Mensch, der ihnen helfen konnte, so aussah, als würde er im nächsten Moment aus den Schuhen kippen.

»Menrov?«, fragte Sunny.

»Menrov?«, wiederholte Jerome und lächelte die Kleinste der Baudelaires an. »Was soll das heißen – menrov?«

»Ich erklär's dir«, sagte Klaus. Seine Gedanken überschlugen sich. Vielleicht gab es ja irgendeine Möglichkeit, wie Jerome ihnen helfen konnte, ohne dass er sich mit jemandem herumstreiten musste. »Es heißt: Würdest du uns einen Gefallen tun, Jerome?«

Violet und Sunny sahen ihren Bruder fragend an. »Menrov« hieß nun wirklich etwas völlig anderes und Klaus musste das wissen. »Menrov« bedeutete eher so etwas wie: »Sollen wir versuchen, Jerome zu erzählen, was es mit Gunther und Esmé und den Quagmeir-Drillingen auf sich hat?«, aber die Schwestern schwiegen lieber. Wenn Klaus ihren Vormund anlog, dann musste er einen guten Grund haben.

»Aber natürlich«, antwortete Jerome. »Was für einen?«

»Meine Schwestern und ich hätten so gern etwas von dem, was hier versteigert wird«, sagte Klaus. »Ob du es uns vielleicht kaufen würdest, als Geschenk?«

»Das lässt sich sicher machen«, antwortete Jerome. »Ich hätte allerdings nicht gedacht, dass ihr euch für Sachen interessiert, die in sind.«

»Oh doch«, sagte Violet schnell, die gleich begriffen hatte, worauf Klaus hinauswollte. »Wir hätten so schrecklich gern Position 50, die mit der Bezeichnung F.F.«

»F.F.?«, fragte Jerome. »Was heißt das denn?«

»Das ist eine Überraschung«, beeilte sich Klaus zu sagen. »Würdest du für uns mitbieten?«

»Wenn es euch so wichtig ist«, sagte Jerome. »Ich möchte euch nur nicht verwöhnen. Jedenfalls seid ihr gerade noch rechtzeitig gekommen. Es scheint so, als wäre Gunther fast fertig mit den Ballettschuhen; bald müsste dann Position 50 kommen. Kommt, wir stellen uns drüben hin, wo ich vorhin war, von dort hat man einen ausgezeichneten Blick

auf die Bühne. Und außerdem steht da ein Freund von euch.«
»Ein Freund von uns?«, fragte Violet.
»Gleich werdet ihr ihn sehen«, sagte Jerome und so war es auch. Als sie hinter Jerome den großen Raum durchquert hatten, um unter dem Transparent mit der Aufschrift IN zu stehen und von dort aus die Versteigerung zu beobachten, trafen sie auf Mr. Poe, der ein Glas Petersiliensoda in der Hand hielt und in ein weißes Taschentuch hustete.
»Ich glaube, ich kippe gleich aus den Schuhen«, sagte Mr. Poe, als er fertig gehustet hatte. »Was macht ihr denn hier, Baudelaires?«
»Was machen Sie denn hier?«, fragte Klaus. »Sie hatten doch gesagt, Sie wollten mit einem Hubschrauber auf einen Berggipfel fliegen.«
Mr. Poe hustete erst einmal in sein weißes Taschentuch. »Die Berichte über den Berggipfel haben sich als falsch erwiesen«, sagte er, als der Anfall vorüber war. »Ich weiß jetzt aber definitiv, dass die Quagmeir-Zwillinge gezwungen werden, in einer Leimfabrik hier ganz in der Nähe zu arbeiten. Nachher fahre ich dort hin, ich wollte nur noch rasch bei der Auktion vorbeischauen. Seit ich Vizepräsident für Waisenangelegenheiten bin, verdiene ich mehr, und meine Frau hat mich gebeten, ein wenig Meeresdekoration für uns zu kaufen.«

»Aber –«, begann Violet, doch Mr. Poe legte den Finger auf den Mund.

»Pschscht!«, machte er. »Gunther hat Position 48 aufgerufen und genau dafür wollte ich bieten.«

»Bitte, Position 48«, kündigte Gunther an. Seine funkelnden Augen betrachteten die Menge, doch die Baudelaires schien er nicht entdeckt zu haben. »Ist große Statue von Fisch, rot lackiert bitte. Sehr groß, sehr in. Fisch genug groß zum drin Schlafen, bitte, wenn Lust haben. Wer will bieten?«

»Ich biete, Gunther«, rief Mr. Poe durch den Saal. »Einhundert.«

»Zweihundert«, rief eine zweite Stimme aus der Menge.

Klaus lehnte sich dicht an Mr. Poe, um ihm etwas sagen zu können, ohne dass Jerome es mitbekam. »Mr. Poe, da ist etwas, was Sie wissen sollten. Es geht um Gunther«, sagte er, denn er dachte, falls sie Mr. Poe überzeugen könnten, dann müssten die Baudelaires nicht länger bei dieser Charade mitmachen, womit hier gemeint ist, die Kinder müssten nicht mehr so tun, als wünschten sie sich dieses F.F., nur damit Jerome mitbot und die Quagmeirs rettete, ohne es zu wissen. »In Wirklichkeit ist er –«

»– ein Auktionator, ich weiß, und zwar einer von denen, die total in sind«, beendete Mr. Poe den Satz, bevor er ein neues Gebot abgab. »Zweihundertsechs.«

»Dreihundert«, sagte die andere Stimme.
»Nein, nein«, sagte Violet. »Er ist in Wirklichkeit gar kein Auktionator. Er ist Graf Olaf in einer Verkleidung.«
»Dreihundertzwölf«, rief Mr. Poe, bevor er mit gerunzelter Stirn die Kinder ansah. »Jetzt macht euch nicht lächerlich«, sagte er. »Graf Olaf ist ein Verbrecher. Gunther ist einfach ein Ausländer. Es gibt ein Fremdwort für diese Furcht vor Fremden, aber ich hab's vergessen. Es erstaunt mich allerdings, dass ihr Kinder solche Furcht habt.«
»Vierhundert«, ertönte die andere Stimme.
»Das Wort heißt Xenophobie«, sagte Klaus, »aber hier passt es nicht, weil Gunther in Wirklichkeit kein Ausländer ist. Er ist nicht einmal Gunther!«
Wieder zog Mr. Poe sein Taschentuch hervor, und die Baudelaires warteten, bis er fertig gehustet hatte und wieder sprechen konnte.
»Ihr redet völlig sinnloses Zeug«, sagte er dann. »Können wir uns bitte später darüber unterhalten, wenn ich dieses Ding gekauft habe? Ich biete vierhundertneun.«
»Fünfhundert«, bot die andere Stimme.
»Ich gebe auf«, sagte Mr. Poe und hustete in sein Taschentuch. »Fünfhundert ist viel zu viel für eine Heringsskulptur, auch wenn sie noch so groß ist.«
»Fünfhundert zum Dritten«, sagte Gunther und lä-

chelte irgendjemanden in der Menge an. »Gewinner bitte Geld geben an Esmé, bitte.«
»Guckt mal da, Kinder«, sagte Jerome. »Unser Portier hat den großen roten Fisch ersteigert.«
»Der Portier?«, wiederholte Mr. Poe, während der Portier Esmé einen ganzen Sack Münzen überreichte und mit einiger Mühe den enorm großen Fisch von der Bühne hob. Seine Hände waren noch immer unter den langen Ärmeln verborgen. »Das überrascht mich, dass ein Türsteher es sich leisten kann, bei der In-Auktion etwas zu ersteigern.«
»Er hat mir mal erzählt, dass er früher Schauspieler war«, sagte Jerome. »Interessanter Bursche. Soll ich Sie mit ihm bekannt machen?«
»Sehr freundlich«, entgegnete Mr. Poe hustend. »Seit meiner Beförderung lerne ich wirklich lauter interessante Leute kennen.«
Der Portier drängte sich gerade mit seinem leuchtend roten Hering an den Kindern vorbei. Jerome tippte ihm auf die Schulter. »Ich möchte Sie gern mit Mr. Poe bekannt machen«, sagte er.
»Keine Zeit, leider«, antwortete der Portier. »Ich muss das hier in den Wagen vom Boss schaffen und dann –« Sein Blick fiel auf die Baudelaire-Kinder und er brach mitten im Satz ab. »Wie kommt ihr denn hierher!«, sagte er. »Ihr durftet das Haus doch gar nicht verlassen.«

»Ach, es geht ihnen schon wieder besser«, sagte Jerome, doch der Portier hörte gar nicht hin. Er hatte sich umgedreht (und dabei mit seinem Fisch mehrere Leute aus der nadelgestreiften Menge angerempelt) und rief zur Bühne hinüber: »He, Boss!« Als Esmé und Gunther sich umdrehten, zeigte er auf die Baudelaires. »Die Waisen sind hier!«

Esmé schnappte nach Luft. Das Element Überraschung war so wirkungsvoll, dass sie um ein Haar den Sack mit den Münzen fallen gelassen hätte. Gunther jedoch drehte nur den Kopf zur Seite und sah den Kindern direkt ins Gesicht. Seine Augen funkelten teuflisch, sogar das hinter dem Monokel, und die Baudelaires erschraken zutiefst, als sie den Gesichtsausdruck wiedererkannten. Gunther grinste, als hätte er eben einen Witz erzählt. Es war der Ausdruck, den er immer hatte, wenn sein heimtückisches Hirn auf Hochtouren arbeitete.

»Waisen in«, sagte er. Immer noch tat er so, als spräche er diese Sprache nur gebrochen. »Waisen hier sein okay, bitte.« Esmé blickte Gunther fragend an, doch dann zuckte sie mit den Schultern und gab dem Portier mit ihrer langnägeligen Hand ein Zeichen, dass alles in Ordnung sei. Der Türsteher zuckte ebenfalls mit den Schultern, lächelte die Baudelaires seltsam an und verließ dann den Saal durch die preisgekrönte Tür. »Position 49 überspringen,

bitte«, fuhr Gunther fort. »Wir bieten jetzt für Position 50 und dann, bitte, Auktion vorbei.«
»Aber was ist mit all den anderen Sachen?«, wollte jemand wissen.
»Vergessen Sie's«, sagte Esmé wegwerfend, »für heute hab ich genug Geld gemacht.«
»Wer hätte das gedacht, dass ich diesen Satz noch mal aus Esmés Mund hören würde!«, murmelte Jerome.
»Position 50, bitte«, verkündete Gunther und wuchtete einen riesigen Karton auf die Bühne. Er war so groß wie die Fischskulptur – gerade groß genug, um zwei zierliche Kinder darin unterzubringen. Mit großen schwarzen Buchstaben stand F.F. darauf geschrieben, und die Baudelaires sahen, dass ein paar kleine Luftlöcher in den Deckel gebohrt waren. Die drei Geschwister konnten sich lebhaft vorstellen, wie ihre Freunde in dem Karton kauerten und voller Schrecken daran dachten, dass sie gleich aus der Stadt geschmuggelt werden sollten. »F.F., bitte«, sagte Gunther. »Wer bietet?«
»Ich biete zwanzig«, sagte Jerome und zwinkerte den Kindern zu.
»Was um alles in der Welt bedeutet F.F.?«, fragte Mr. Poe.
Violet wusste, dass ihr nicht genug Zeit blieb, um Mr. Poe alles zu erklären. »Es ist eine Überra-

schung«, sagte sie nur. »Wenn Sie noch ein bisschen hier bleiben, werden Sie es herausfinden.«

»Fünfzig«, sagte eine andere Stimme, und als die Baudelaires sich umsahen, merkten sie, dass das zweite Gebot von dem Mann mit der Sonnenbrille kam, der sie aufgefordert hatte, die Halle zu verlassen.

»Der sieht aber nicht so aus, als wäre er einer von Gunthers Assistenten«, flüsterte Klaus seinen Schwestern zu.

»Das kann man nie wissen«, antwortete Violet. »Man erkennt sie so schwer.«

»Fünfundfünfzig«, rief Jerome. Esmé sah ihn mit gerunzelter Stirn an, dann warf sie den Baudelaires einen bösen Blick zu.

»Hundert«, sagte der Mann mit der Sonnenbrille.

»Liebe Güte, Kinder«, meinte Jerome, »die Sache wird ausgesprochen teuer. Seid ihr ganz sicher, dass ihr dieses F.F. haben wollt?«

»Sie kaufen das für die Kinder?«, fragte Mr. Poe. »Bitte, Mr. Elend, Sie sollten sie nicht verwöhnen.«

»Er verwöhnt uns gar nicht!«, rief Violet schnell aus lauter Angst, Gunther könne die Versteigerung beenden. »Bitte, Jerome, bitte kauf Position 50 für uns. Nachher erklären wir dir alles.«

Jerome seufzte. »Na gut«, sagte er schließlich. »Es ist wohl nur natürlich, dass ihr auch ein paar Sachen wollt, die gerade in sind, nachdem ihr eine Weile mit Esmé zusammengelebt habt. Ich biete einhundertacht.«

»Zweihundert«, sagte der Mann mit der Sonnenbrille. Die Baudelaires verrenkten sich den Hals, um ihn besser sehen zu können, aber auch danach kam er ihnen nicht bekannter vor.

»Zweihundertvier«, sagte Jerome und schaute dann zu den Kindern hinunter. »Mehr biete ich aber nicht, Kinder. Jetzt wird es mir wirklich zu teuer und außerdem macht mir das Steigern auch keinen Spaß. Dafür erinnert es mich viel zu sehr an Streitereien.«

»Dreihundert«, sagte der Mann mit der Sonnenbrille und die Baudelaire-Kinder sahen einander entsetzt an. Was konnten sie jetzt noch tun? Im nächsten Moment würden ihnen ihre Freunde aus den Händen gleiten.

»Bitte, Jerome«, sagte Violet. »Ich bitte dich inständig, bitte kauf es für uns.«

Jerome schüttelte den Kopf. »Irgendwann werdet ihr es verstehen«, sagte er. »Es lohnt sich einfach nicht, Geld für dummes Zeug auszugeben, nur weil es gerade in ist.«

Klaus wandte sich an Mr. Poe. »Mr. Poe«, sagte er, »wären Sie bereit, uns einen Bankkredit zu geben?«

»Um einen Pappkarton zu kaufen?«, fragte Mr. Poe. »Schwerlich. Meeresdekoration ist eine Sache, aber ich möchte nicht, dass ihr anfangt, Geld zu verschwenden für einen Karton mit irgendwas, egal was.«

»Dreihundert war das letzte Gebot«, hörten sie Gunther sagen, der sich zu Esmé umdrehte und ihr mit dem Monokelauge zuzwinkerte. »Bitte, mein Herr, wenn Sie –«

»Tausend!«

Gunther stockte, als sich ein neuer Bieter meldete, um für Position 50 mitzusteigern. Esmé riss die Augen auf. Bei dem Gedanken daran, was für eine enorme Summe sie gleich in ihre nadelgestreifte Tasche stecken würde, ging ein Grinsen über ihr Gesicht. Die Besucher der In-Auktion blickten suchend umher, um zu sehen, wo diese unbekannte Stimme herkam, aber niemand kam auf den Gedanken, dass ein so langes und kostbares Wort aus dem Mund eines winzigen Kleinkindes kommen könnte, das kaum größer war als eine Salami.

»Tausend!«, quiekte Sunny noch einmal und ihre Geschwister hielten die Luft an. Sie wussten natürlich, dass ihre Schwester so eine Summe überhaupt nicht hatte, doch sie hofften, dass Gunther nicht sehen würde, woher die Stimme kam, und dass er sich, geldgierig wie er war, auch nicht damit aufhalten würde, es herauszufinden. Der Auktionator, der genauso eine Attrappe war wie der Aufzug, warf Esmé einen Blick zu, bevor er wieder ins Publikum hinunterschaute.

»Wo um alles in der Welt hat Sunny so viel Geld her?«, fragte Jerome Mr. Poe.

»Also, als die Kinder im Internat waren« antwortete Mr. Poe, »hat Sunny als Sekretärin gearbeitet, aber ich hatte keine Ahnung, dass sie da so viel verdient hat.«

»Tausend!«, rief Sunny hartnäckig und schließlich gab Gunther nach.

»Das Höchstgebot liegt jetzt bei eintausend«, sagte er. Dann erinnerte er sich auf einmal, dass er ja nur radebrechen konnte, und fügte schnell hinzu: »Bitte!«

»Mein lieber Scholli!«, sagte der Mann mit der Sonnenbrille. »Ich zahl doch nicht mehr als tausend für F.F. – das ist es nun wirklich nicht wert.«

»Uns schon«, sagte Violet beherzt und die drei Kinder gingen zur Bühne. Sämtliche Augen im Saal folgten den Geschwistern und der Aschespur, die sie auf ihrem Weg zum Pappkarton hinter sich ließen. Jerome sah verwirrt aus, Mr. Poe perplex (was hier so viel heißt wie: ebenso verwirrt wie Jerome) und Esmé bösartig. Der Mann mit der Sonnenbrille sah aus wie einer, der sich bei einer Versteigerung geschlagen geben musste. Und Gunther? Gunther grinste immer weiter, so als ob ein Witz, den er eben erzählt hätte, immer nur noch lustiger würde. Violet und Klaus kletterten auf die Bühne und zogen dann Sunny zu sich hoch. Mit wilden Blicken sahen die drei Waisen den furchtbaren Mann an, der ihre Freunde eingesperrt hatte.

»Tausend für Mrs. Elend, bitte«, sagte Gunther und grinste die Kinder von oben herab an. »Dann Auktion ist vorbei.«

»Das Einzige, womit es vorbei ist«, sagte Klaus, »ist Euer schrecklicher Plan.«

»Silko«, stimmte Sunny ihm zu. Im nächsten Moment, obwohl ihr die Zähne noch immer wehtaten von der Kletterei im Fahrstuhlschacht, biss sie in den Karton und fing an, ihn aufzureißen. Sie hoffte bloß, Duncan und Isidora Quagmeir nicht zu verletzen.

»Halt, halt!«, rief Esmé mit schnarrender Stimme, sprang aus ihrem todschicken Sessel und stapfte zum Karton hinüber. »Ihr könnt den Karton nicht einfach aufmachen, solange ihr mir das Geld noch nicht gegeben habt. Das ist ungesetzlich!«

»Wenn hier etwas ungesetzlich ist«, antwortete Klaus, »dann das Versteigern von Kindern. Jetzt gleich wird der ganze Saal sehen, dass ihr gegen das Gesetz verstoßen habt.«

»Was geht hier vor?«, fragte Mr. Poe und kam mit großen Schritten zur Bühne, gefolgt von Jerome, der

verwirrt zwischen seiner Frau und den Waisen hin- und herschaute.
»Die Quagmeir-Drillinge sind in dieser Kiste«, erklärte Violet und half ihrer Schwester, sie weiter aufzureißen. »Gunther und Esmé wollen sie aus der Stadt schmuggeln.«
»Was?«, schrie Jerome. »Esmé, ist das wahr?«
Esmé antwortete nicht, aber im nächsten Moment würde ohnehin jeder sehen, ob es stimmte oder nicht. Inzwischen hatten die Kinder einen großen Streifen Pappe heruntergerissen. Darunter war eine Lage weißes Papier zu erkennen, so als hätte Gunther die Quagmeirs eingewickelt wie ein Metzger zwei Hühnerbrüstchen.
»Gleich, Duncan!«, rief Violet durch das Papier hindurch. »Nur noch ein paar Sekunden! Wir holen euch hier raus!«
Mr. Poe runzelte die Stirn und hustete in sein weißes Taschentuch. »Hört mal her, Baudelaires«, sagte er streng, als der Anfall vorüber war, »ich habe verlässliche Informationen, dass die Quagmeirs sich in einer Leimfabrik befinden und nicht in einem Pappkarton.«
»Das werden wir ja sehen«, meinte Klaus und Sunny biss noch einmal kräftig zu. Mit einem lauten *Ratsch!* riss der Karton bis zur Mitte auf und im nächsten Moment verteilte sich der gesamte Inhalt des Kar-

tons auf der Bühne. In der Sprache von Violet, Klaus und Sunny gibt es einen schönen Ausdruck für das, was sich in dem Karton befand: ein roter Hering. Ein roter Hering ist natürlich zunächst mal ein Fisch, aber mit dem Ausdruck meint man manchmal auch eine falsche Fährte, so etwas wie ein Ablenkungsmanöver. Gunther hatte die Anfangsbuchstaben F.F. auf dem Karton dazu benutzt, die Baudelaires auf eine falsche Fährte zu locken. Er wollte sie glauben machen, dass ihre Freunde darin eingesperrt seien, und ich sage dir nur sehr ungern, dass die Baudelaires nicht begriffen, dass es eine falsche Fährte war, bis sie sich auf der Bühne umschauten und begriffen, was in der Kiste gewesen war.

Dreizehntes Kapitel

»Das sind ja Fischernetze!«, rief Violet. »Der ganze Karton ist voller Fischernetze!« Sie hatte Recht. Die Bühne war plötzlich voller Netze, die aus den Resten des Pappkartons quollen.

»Natürlich«, sagte der Mann mit der Sonnenbrille. Er war an die Bühne getreten, und als er die Sonnenbrille abnahm, sahen die Baudelaires, dass er überhaupt kein Kumpan von Gunther war. Er war einfach ein Bieter in einem Nadelstreifenanzug. »Ich wollte sie meinem Bruder zum Geburtstag schenken. Feine Fischernetze sind das – wofür sonst sollte F.F. denn stehen?«

»Eben«, meinte Gunther und grinste die Kinder an. »Wofür sonst, bitte?«

»Ich weiß es nicht«, sagte Violet, »aber bei dem Geheimnis, das die Quagmeirs gelüftet haben, ging es garantiert nicht um feine Fischernetze. Wo habt Ihr sie versteckt, Graf Olaf?«

»Olaf? Was ist das?«, fragte Gunther.

»Violet, bitte«, sagte Jerome. »Wir hatten uns darauf

geeinigt, dass wir nicht mehr über Gunther herumstreiten wollten. Sie müssen die Kinder entschuldigen, Gunther. Ich glaube, sie sind krank.«

»Wir sind nicht krank!«, brüllte Klaus. »Man hat uns reingelegt! Der Karton mit den Fischernetzen war nichts als eine falsche Fährte, ein Ablenkungsmanöver, ein roter Hering sozusagen!«

»Aber der rote Hering war doch Position 48«, rief jemand aus der Menge.

»Kinder, wirklich, euer Benehmen betrübt mich«, sagte Mr. Poe. »Ihr seht aus, als hättet ihr euch seit einer Woche nicht mehr gewaschen. Ihr gebt Geld aus für absolut albernes Zeug. Ihr rennt herum und beschuldigt alle Welt, Graf Olaf zu sein. Und jetzt richtet ihr noch so ein Chaos an mit den Fischernetzen. Gleich verfängt sich noch jemand darin und stolpert. Ich hätte wirklich gedacht, die Elends würden euch besser aufziehen.«

»Von jetzt an ziehen wir sie jedenfalls überhaupt nicht mehr auf«, sagte Esmé. »Nicht, nachdem sie sich so unmöglich aufgeführt haben. Mr. Poe, ich wünsche, dass diese schrecklichen Kinder ab sofort nicht mehr unter meiner Obhut stehen. Auch wenn Waisen noch so in sind, das ist die Sache wirklich nicht wert.«

»Esmé!«, rief Jerome. »Sie haben keine Eltern mehr! Wo sollen sie denn hin?«

»Hör auf, mit mir herumzustreiten«, fuhr Esmé ihn an, »dann werde ich dir sagen, wo sie hingehen können. Sie können –«

»Zu mir, bitte«, sagte Gunther und legte Violet eine seiner knochigen Hände auf die Schulter. Violet musste daran denken, wie es war, als dieser hinterhältige Schurke einen Plan ausgeheckt hatte, um sie zu heiraten, und sie schauderte unter seinen gierigen Fingern. »Ich sehr lieb haben Kinder. Ich sehr glücklich, bitte, wenn drei eigene Kinder haben.« Er legte seine andere knochige Hand auf Klaus' Schulter und machte dann einen Schritt nach vorn, so als wollte er einen seiner Stiefel auf Sunnys Schulter stellen. Dann hätte er alle drei Baudelaires in dieser schauerlichen Umklammerung. Doch Gunthers Stiefel landete nicht auf Sunnys Schulter. Er landete auf einem Fischernetz und im nächsten Moment trat ein, was Mr. Poe vorhergesagt hatte: Jemand verfing sich in einem Netz und stolperte. Es machte *Rums* und Gunther lag am Boden. Er strampelte wild mit Armen und Beinen. »Bitte!«, schrie er, doch weil er so zappelte, verfing er sich nur immer mehr in dem Netz. Jetzt rutschten andere Netze über den Bühnenrand und fielen fast geräuschlos auf den Boden der Veblen-Halle. Doch auf einmal hörten die Baudelaires zwei sehr laute Geräusche, kurz nacheinander, so als hätte Gunther noch anderes mit sich gerissen, und als sie sich umdrehten, sahen sie Gunthers Stiefel am Boden liegen, einen vor Jeromes Füßen, einen vor Mr. Poes Füßen.

»Bitte!«, rief Gunther wieder, während er zappelte, um wieder hochzukommen, doch als er endlich wieder auf seinen Füßen stand, merkte er, dass alles um ihn herum darauf starrte.

»Sehen sie bloß!«, rief der Mann mit der Sonnenbrille. »Der Auktionator hat keine Socken an! Wie peinlich!«

»Und schauen Sie nur!«, rief jemand anderes. »Zwischen seinen Zehen klemmt ein Stück Netz! Wie unbequem!«

»Da! Guckt mal!«, sagte Jerome. »Er hat eine Tätowierung am Knöchel. Das ist gar nicht Gunther!«

»Er ist kein Auktionator!«, schrie Mr. Poe. »Er ist nicht einmal ein Ausländer! Er ist Graf Olaf!«

»Er ist mehr als Graf Olaf«, sagte Esmé, die langsam auf den schrecklichen Schurken zuging. »Er ist ein Genie! Er ist ein wunderbarer Schauspiellehrer! Kein Mann in der ganzen Stadt sieht so gut aus wie er, keiner ist so in wie er.«

»Mach dich nicht lächerlich!«, sagte Jerome. »Skrupellose Kidnapper sind doch nicht in!«

»Ganz recht!«, sagte Graf Olaf (was für eine Erleichterung, ihn wieder bei seinem richtigen Namen nennen zu können). Er riss sich sein Monokel herunter und legte einen Arm um Esmé. »Wir sind nicht in und gleich sind wir auch nicht mehr in der Stadt. Dann sind wir sogar ganz weit draußen, total out sozusagen! Komm, Esmé!«

Mit brüllendem Gelächter hob er Esmé hoch, sprang mit ihr von der Bühne und stieß mit den Ellbogen alle Leute aus dem Weg, während er auf den Ausgang zurannte.

»Sie hauen ab!«, schrie Violet und sprang ebenfalls von der Bühne, um sie zu verfolgen. Klaus und Sunny eilten ihr nach, so schnell ihre Beine sie trugen, doch Graf Olaf und Esmé hatten längere Beine, was sich in diesem Fall als ein ebenso unfairer Vorteil erwies wie das Element Überraschung. Bis die Baudelaires bei dem Transparent mit Gunthers Abbild angelangt waren, hatten Graf Olaf und Esmé bereits das Transparent mit dem Wort AUKTION erreicht, und als die Kinder ihrerseits dort waren, rannten die beiden Bösewichter schon an dem IN-Transparent vorbei zum Ausgang.

»O nein, o nein!«, schrie Mr. Poe. »Wir können diesen schrecklichen Menschen nicht zum sechsten Mal entkommen lassen. Ihm nach, alle! Der Mann wird von der Polizei gesucht, er ist ein Gewalttäter und ein Finanzbetrüger!«

Die elegante Besucherschar setzte sich in Bewegung und fing an, hinter Graf Olaf und Esmé herzurennen, und da sich unsere Geschichte dem Ende nähert, magst du dir gern vorstellen, dass der gemeine Schurke dieses Mal nicht entkommen konnte, wo ihm doch so viele Leute auf den Fersen waren. Vielleicht hast du den Wunsch, dieses Buch zuzuschlagen, ohne es erst zu Ende zu lesen, so dass du dir vorstellen kannst, wie Graf Olaf und Esmé eingefangen und die Quagmeirs befreit wurden, wie die wahre Bedeutung von F.F. sowie das Rätsel des Geheimgangs zur Baudelaire-Villa aufgedeckt wurde und wie alle schließlich ein wundervolles Picknick veranstalteten, um dieses große Glück zu feiern (und welche Berge von Eis es dabei zu essen gab!). Ich würde dir ganz bestimmt keine Vorwürfe machen, wenn du dir so etwas ausmalst, weil ich selbst mir ständig dasselbe ausmale. Spät in der Nacht, wenn mich nicht einmal mehr der Stadtplan zu trösten vermag, dann schließe ich die Augen und male mir all diese wundervoll tröstlichen Dinge aus anstelle der zahllosen Fischernetze, die nur neues Unglück in das Leben der Baudelaires brachten. Denn als Graf Olaf und Esmé Elend die Tür der Veblen-Halle aufrissen, da strömte der Nachmittagswind herein und blies die Netze hoch. Im nächsten Augenblick stolperte die ganze nadelgestreifte Menge übereinander. Mr. Poe fiel auf Jerome, Jerome auf den Mann mit der Sonnenbrille, und dessen Sonnenbrille auf die Frau, die bei Position 47 das höchste Gebot abgegeben hatte. Sie ließ die Ballettschuhe aus Schokolade fallen, und zwar auf Graf Olafs Stiefel, die Stiefel fielen auf ein Netz, auf dem noch vier Leute ausrutschten, so dass sie alle übereinander fielen. In kürzester Zeit waren alle hoffnungslos miteinander verstrickt.

Doch die Baudelaires warfen nicht einmal einen flüchtigen Blick zurück, um zu sehen, was die Netze alles angerichtet hatten. Sie hielten den Blick fest auf das boshafte Pärchen gerichtet, das soeben die Stufen der Halle hinunter- und auf einen großen schwarzen Lieferwagen mit offener Ladefläche zuraste. Hinter dem Steuer des Wagens saß bereits der Portier, der endlich so vernünftig gewesen war, sich seine überlangen Ärmel hochzukrempeln. Das konnte allerdings gar nicht so einfach gewesen sein, denn als die Kinder in den Wagen spähten, erkannten sie eben noch zwei Haken an den Stellen, wo man Hände erwartet hätte.

»Der Hakenhändige«, brüllte Klaus. »Er war die ganze Zeit direkt vor unserer Nase!«

Graf Olaf drehte sich um und grinste die Kinder höhnisch an. »Kann sein, dass ihr ihn die ganze Zeit vor eurer Nase hattet«, sagte er mit schnarrender Stimme, »aber ganz bald habt ihr ihn am Hals. Ihr wisst schon, wie ich das meine. Ich komme wieder, Baudelaires! Die Quagmeir-Saphire gehören schon fast mir, aber euer Vermögen habe ich darüber nicht vergessen!«

»Gonop?«, schrie Sunny und Violet übersetzte schnell. »Wo sind Duncan und Isidora? Wohin habt Ihr sie gebracht?«

Graf Olaf und Esmé schauten einander an und dann brachen sie in Gelächter aus. Mit einem Satz waren sie im Wagen und dann zeigte Esmé mit einem ihrer langen Nägel nach hinten auf die Ladefläche. »Wir haben euch an der Nase herumgeführt, mit gleich zwei roten Heringen«, sagte sie, bevor der Motor dröhnend ansprang. Auf der Ladefläche sahen die Kinder den großen roten Hering, der auf der Auktion als Position 48 versteigert worden war.

»Die Quagmeirs!«, brüllte Klaus. »Graf Olaf hat sie in dem Fisch versteckt!« Die Waisen rasten die Stufen hinunter, und spätestens jetzt möchtest du dieses Buch vielleicht endgültig weglegen, deine Augen schließen und dir ein glücklicheres Ende ausdenken als dasjenige, das ich hier aufschreiben muss. Du könntest dir zum Beispiel vorstellen, dass die Baudelaires in dem Moment, als sie das Auto erreichten, das Geräusch eines absaufenden Motors hörten – und nicht das freche Hupen des Hakenhändigen, der mit seinem Boss davonfuhr. Du könntest dir vorstellen, dass die Kinder die Stimmen der Quagmeirs hörten, die aus dem Hering kletterten – und nicht das *Ciao ciao* aus Esmés bös grinsendem Mund. Und du könntest dir vorstellen, wie sie die Sirenen hörten, als die Polizei kam, um Graf Olaf endlich festzusetzen – und nicht das Schluchzen der Baudelaire-Waisen, als der Lieferwagen um die Ecke bog und ihren Blicken entschwand.

Aber alle deine Phantasien wären falsch, wie das halt so ist mit Phantasien. Sie wären so falsch wie der falsche Auktionator, der die Baudelaires im Penthaus der Elends aufgespürt hat, wie der falsche Fahrstuhl vor ihrer Wohnungstür, und die falsche gesetzliche Vertreterin, die sie in den tiefen Fahrstuhlschacht gestoßen hat. Esmé verbarg ihren gemeinen Plan hinter ihrem Ruf als sechstwichtigste Finanzberaterin der Stadt, Graf Olaf verbarg seine wahre Identität hinter seinem Monokel und schwarzen Stiefeln und der schwarze Schacht verbarg sein Geheimnis hinter automatischen Schiebetüren. Doch sosehr es mich auch schmerzt, dir erzählen zu müssen, dass die Baudelaire-Waisen auf den Stufen der Veblen-Halle standen und vor Wut und Enttäuschung laut weinten, als Graf Olaf mit den Quagmeir-Drillingen auf und davon fuhr – ich kann die traurigen Wahrheiten über das Leben der Baudelaires einfach nicht hinter einem falschen Happy End verbergen.

Die Baudelaire-Waisen standen also auf den Stufen der Veblen-Halle und weinten laut vor Wut und

Enttäuschung, als Graf Olaf mit den Quagmeir-Drillingen auf und davon fuhr, und der Anblick von Mr. Poe, der mit einem Fetzen von einem Fischernetz im Haar und dem Ausdruck von Panik in den Augen durch die preisgekrönte Tür trat, ließ sie nur noch heftiger aufschluchzen.

»Ich rufe die Polizei«, sagte Mr. Poe. »In null Komma nichts werden sie Graf Olaf eingefangen haben.« Doch die Baudelaires wussten, dass diese Behauptung ebenso falsch war wie Gunthers Sprachprobleme. Sie wussten, dass Graf Olaf viel zu gerissen war, um sich von der Polizei einfangen zu lassen, und leider muss ich dir sagen, dass er, bis eine Streifenwagenbesatzung den großen schwarzen Lieferwagen entdeckt hatte, der mit laufendem Motor verlassen vor der Sankt-Karls-Kathedrale stand, die Quagmeirs bereits aus dem roten Hering herausgeholt und in einen schwarz glänzenden Instrumentenkoffer gepackt hatte, in dem sich, wie er dem Busfahrer erzählte, angeblich eine Tuba befand, die er seiner Tante brachte.

Die drei Geschwister sahen zu, wie Mr. Poe schleunigst kehrtmachte, um sich bei den schicken Leuten in der Halle nach einem Telefon zu erkundigen, und sie wussten, dass der Bankangestellte ihnen überhaupt keine Hilfe sein würde.

»Ich denke, Mr. Poe wird uns eine große Hilfe sein«,

meinte Jerome, als er aus der Halle trat und sich zu den Kindern auf die Stufen setzte, um den Versuch zu machen, sie zu trösten. »Er ruft die Polizei an und gibt ihnen eine Beschreibung von Graf Olaf.«

»Aber Graf Olaf verkleidet sich doch immer anders«, sagte Violet niedergeschlagen und wischte sich über die Augen. »Man weiß nie, wie er aussieht, bis man ihn vor sich hat.«

»Nun, ich jedenfalls werde dafür sorgen, dass ihr ihn niemals wiederseht«, versprach Jerome. »Esmé ist vielleicht auf und davon – und ich werde mich deswegen nicht mit ihr herumstreiten –, aber ich bin immer noch euer gesetzlicher Vormund, und ich werde euch ganz, ganz weit weg von hier bringen, so weit, dass ihr alles vergesst, Graf Olaf, die Quagmeirs, alles.«

»Graf Olaf vergessen?«, fragte Klaus. »Wie könnten wir das? Niemals werden wir seine Schandtaten vergessen, ganz egal, wo wir leben.«

»Und auch die Quagmeirs werden wir nie vergessen«, sagte Violet. »Ich will sie auch gar nicht vergessen. Wir müssen herausbekommen, wohin er sie bringt und wie wir sie befreien können.«

»Terkul!«, sagte Sunny und das hieß mehr oder weniger: »Und alles andere wollen wir auch nicht vergessen, den unterirdischen Gang nicht, der zu unserem abgebrannten Haus führte, und auch nicht, dass wir herauskriegen wollen, was F.F. in Wirklichkeit heißt.«

»Meine Schwester hat Recht«, sagte Klaus. »Wir müssen Graf Olaf aufspüren und hinter all seine Geheimnisse kommen.«

»O nein, das werden wir nicht«, erwiderte Jerome, dem es bei dem Gedanken kalt den Rücken hinunterlief. »Wir können von Glück reden, wenn er uns nicht aufspürt. Als euer Vormund kann ich nicht zulassen, dass ihr versucht, einen so gefährlichen Mann zu finden. Möchtet ihr nicht lieber wohl behütet bei mir leben?«

»Doch«, antwortete Violet, »aber unsere Freunde sind in großer Gefahr. Wir müssen uns aufmachen und sie retten.«

»Nun, ich will nicht mit euch herumstreiten«, sagte Jerome. »Anscheinend seid ihr fest entschlossen. Ich werde Mr. Poe bitten, einen neuen Vormund für euch zu suchen.«

»Heißt das, dass du uns nicht helfen willst?«

Jerome seufzte und küsste jedes der Baudelaire-Kinder auf die Stirn. »Ich hänge sehr an euch Kindern«, sagte er dann, »aber ich habe nicht eure Courage. Eure Mutter hat immer gesagt, ich hätte nicht genug Mut, und ich vermute, sie hatte Recht. Viel Glück, Baudelaires. Ich fürchte, ihr werdet es brauchen.«

Erstaunt sahen die Kinder Jerome nach, der sich

langsam entfernte, ohne sich nur ein einziges Mal nach den drei Waisen, die er zurückließ, umzuschauen. Wieder einmal standen ihnen Tränen in den Augen, als sie zusahen, wie er ihren Blicken entschwand. Niemals würden sie das Penthaus der Elends wiedersehen, niemals mehr eine Nacht in ihren Schlafzimmern verbringen oder einen Tag in ihren übergroßen Nadelstreifenanzügen. Selbst wenn er nicht so ein Scheusal war wie Esmé oder Graf Olaf, so war Jerome doch ein falscher Vormund, denn ein richtiger Vormund bietet seinen Schützlingen ein Heim, einen Platz zum Schlafen und etwas zum Anziehen. Alles, was sie von Jerome zuletzt bekommen hatten, war der Wunsch »Viel Glück!«. In diesem Moment hatte Jerome das Ende des Häuserblocks erreicht und bog links um die Ecke. Wieder einmal waren die Baudelaires ganz allein auf der Welt.

Violet seufzte und starrte die Straße hinunter, dorthin, wo Graf Olaf entschwunden war. »Ich hoffe, meine Erfindergabe lässt mich nicht im Stich«, sagte sie. »Wir werden nämlich mehr brauchen als viel Glück, um die Quagmeir-Drillinge zu retten.«

Klaus seufzte und starrte in die Richtung, wo einst ihr Zuhause gewesen war, das jetzt in Schutt und Asche lag. »Ich hoffe, mein Forschertalent lässt mich nicht im Stich«, sagte er. »Wir werden nämlich mehr brauchen als viel Glück, um das Rätsel des Geheimgangs und der Baudelaire-Villa zu lösen.«

Sunny seufzte und sah einem einsamen Stück Fischernetz nach, das der Wind die Stufen der Halle hinunterwehte. »Beiß«, sagte sie, und damit wollte sie sagen, dass sie hoffte, ihre Zähne würden sie nicht im Stich lassen, sie würden nämlich mehr brauchen als viel Glück, um herauszubringen, wofür F.F. in Wirklichkeit stand.

Mit einem matten Lächeln sahen die Baudelaires einander an. Sie lächelten, weil sie nicht glaubten, dass Violets Erfindergeist sie im Stich lassen würde, ebenso wenig wie Klaus' Forschertalent oder Sunnys Zähne. Doch die Kinder wussten auch, dass sie einander nie im Stich lassen würden, so wie Jerome sie im Stich gelassen hatte oder Mr. Poe, der gerade die falsche Nummer gewählt hatte und mit einem vietnamesischen Restaurant sprach anstatt mit der Polizei. Ganz gleich, wie viel Unglück sie ereilt hatte und auf wie viele falsche Dinge sie in Zukunft noch stoßen würden – die Baudelaires wussten, dass sie sich aufeinander würden verlassen können, solange sie lebten. Und das schien ihnen das einzig Wahre auf der Welt.

Ende

LEMONY SNICKET

Verehrter Verleger!

Dieses Blatt trieft vor Nässe, was ich aufrichtig bedaure, doch ich schreibe Ihnen von dem Ort, an dem die Quagmeir-Drillinge versteckt gehalten wurden.

Wenn Ihnen das nächste Mal die Milch ausgeht, kaufen Sie bitte eine neue Packung an Kasse Nummer 19 im Nicht-So-Supermarkt. Wenn Sie dann wieder zu Hause sind, werden Sie feststellen, dass Ihnen jemand meinen Bericht DAS DÜSTERE DORF in die Einkaufstüte gesteckt hat. Darin habe ich all das beschrieben, was die Baudelaires kürzlich an diesem schrecklichen Ort erlebt haben. Außerdem finden Sie in der Tüte eine abgebrannte Fackel, die Spitze einer Harpune sowie eine Karte mit den Flugrouten der F.F.-Krähen. Desweiteren werden Sie eine Kopie des Offiziellen Portraits des Ältestenrats vorfinden, die Ihrem Illustrator die Arbeit erleichtern soll.

Bedenken Sie, dass auf Ihnen meine letzte Hoffnung ruht, die Erlebnisse der Baudelaire-Waisen schließlich doch noch einer breiteren Öffentlichkeit zugänglich machen zu können.

Mit vorzüglicher Hochachtung

Lemony Snicket

Lemony Snicket
Schauriger Schlamassel · Band 1
Der Alptraum am Anfang
Roman
Aus dem amerikanischen Englisch von Klaus Weimann
Beltz & Gelberg Taschenbuch (78604), 144 Seiten *ab 10*

Bis zum tragischen Tod ihrer Eltern waren Violet,
Sunny und Klaus die glücklichsten Kinder der Welt.
Doch dann tritt der hinterhältige Graf Olaf in ihr Leben.
Statt die bedauernswerten Waisenkinder zu beschützen,
versucht Graf Olaf mit allen Mitteln, an deren stattliches Erbe
zu gelangen. Die Baudelaire-Waisen haben den Bösewicht schnell
durchschaut – doch wie sollen sie sich zur Wehr setzen?
Fast scheint Graf Olaf sein Ziel zu erreichen …

Unter dem Titel »Der schlimme Anfang«
auch als Hörbuch lieferbar, gelesen von Stefan Kurt
3 CD, 170 Min.
HÖRCOMPANY
ISBN 3-935036-07-8

www.beltz.de
Beltz & Gelberg, Postfach 10 01 54, 69441 Weinheim

Lemony Snicket
Schauriger Schlamassel · Band 2
Der schillernde Schlangensaal
Roman
Aus dem amerikanischen Englisch von Birgitt Kollmann
Beltz & Gelberg Taschenbuch (78605), 168 Seiten *ab 10*

Bis zum tragischen Tod ihrer Eltern waren Violet, Sunny und Klaus die glücklichsten Kinder der Welt. Doch dann tritt der hinterhältige Graf Olaf in ihr Leben. Statt die bedauernswerten Waisenkinder zu beschützen, versucht Graf Olaf mit allen Mitteln, an deren stattliches Erbe zu gelangen … Bei ihrem Onkel, dem berühmten Schlangenforscher Montgomery Montgomery, fühlen sich die drei Waisenkinder wie im Paradies, denn von Graf Olaf ist weit und breit keine Spur. Doch schon nach kurzer Zeit taucht ein neuer Assistent auf!

Unter dem Titel »Der Reptiliensaal«
auch als Hörbuch lieferbar, gelesen von Stefan Kurt
3 CD, 210 Min.
HÖRCOMPANY
ISBN 3-935036-08-6

www.beltz.de
Beltz & Gelberg, Postfach 10 01 54, 69441 Weinheim

Lemony Snicket
Schauriger Schlamassel · Band 3
Das falsche Fenster
Roman
Aus dem amerikanischen Englisch von Klaus Weimann
Beltz & Gelberg Taschenbuch (78606), 192 Seiten *ab 10*

Bis zum tragischen Tod ihrer Eltern waren Violet, Sunny und Klaus die glücklichsten Kinder der Welt. Doch dann tritt der hinterhältige Graf Olaf in ihr Leben. Statt die bedauernswerten Waisenkinder zu beschützen, versucht Graf Olaf mit allen Mitteln, an deren stattliches Erbe zu gelangen … Tante Josephine wird neuer Vormund der Kinder. Ihr Haus sitzt wie ein Schwalbennest hoch über dem Seufzersee. Man sollte meinen, dies sei ein sicherer Ort. Doch der ruchlose Graf Olaf ist den Baudelaire-Kindern schon bald wieder auf den Fersen …

Unter dem Titel »Das zerbrochene Fenster«
auch als Hörbuch lieferbar, gelesen von Stefan Kurt
3 CD, 200 Min.
HÖRCOMPANY
ISBN 3-935036-09-4

www.beltz.de
Beltz & Gelberg, Postfach 10 01 54, 69441 Weinheim

Lemony Snicket
Schauriger Schlamassel • Band 4
Die sirrenden Sägen
Roman
Aus dem amerikanischen Englisch von Birgitt Kollmann
Beltz & Gelberg Taschenbuch (78607), 168 Seiten *ab 10*

Bis zum tragischen Tod ihrer Eltern waren Violet, Sunny und Klaus die glücklichsten Kinder der Welt. Doch dann tritt der hinterhältige Graf Olaf in ihr Leben. Statt die bedauernswerten Waisenkinder zu beschützen, versucht Graf Olaf mit allen Mitteln, an deren Erbe zu gelangen …
Die drei Baudelaire-Kinder landen an einem der schauerlichsten Orte der Welt: in Jammerau. In der Sägemühle Glück & Partner müssen sie wie die Sklaven schuften …

Unter dem Titel »Die unheimliche Mühle«
auch als Hörbuch lieferbar, gelesen von Stefan Kurt
3 CD, 210 Min.
HÖRCOMPANY
ISBN 3-935036-19-1

www.beltz.de
Beltz & Gelberg, Postfach 10 01 54, 69441 Weinheim

Lemony Snicket
Schauriger Schlamassel • Band 5
Die schreckliche Schule
Roman
Aus dem amerikanischen Englisch von Klaus Weimann
Beltz & Gelberg Taschenbuch (78608), 192 Seiten *ab 10*

Bis zum tragischen Tod ihrer Eltern waren Violet, Sunny und Klaus die glücklichsten Kinder der Welt. Doch dann tritt der hinterhältige Graf Olaf in ihr Leben. Statt die bedauernswerten Waisenkinder zu beschützen, versucht Graf Olaf mit allen Mitteln, an deren stattliches Erbe zu gelangen … Ein vornehmes Internat – das könnte der Ort sein, an dem die Baudelaire-Kinder vor Graf Olaf in Sicherheit sind. Ist es aber nicht. Alles ist schlimm dort: die Verpflegung, die Schüler, die Lehrer und allen voran der stellvertretende Direktor. Einziger Lichtblick sind die Quagmeir-Drillinge!

www.beltz.de
Beltz & Gelberg, Postfach 10 01 54, 69441 Weinheim